3

魔法でかがやく☆
夏の思い出

となりの魔女《まじょ》フレンズ

Tonari no Majyo Friends

作◆宮下恵茉
絵◆子兎。

Gakken

友《とも》だちって
なんでも同《おな》じが
いいんだと思《おも》ってた

すきなものとか、
考《かんが》え方《かた》とか
……でも

わたしたちは
ちっとも
同《おな》じじゃない
すきなものや
考《かんが》え方《かた》も
まるで
ちがうけど……
ちがってるから
いいんだね

あ！
ほら見《み》て
花火《はなび》があがったよ！

もくじ
Contents

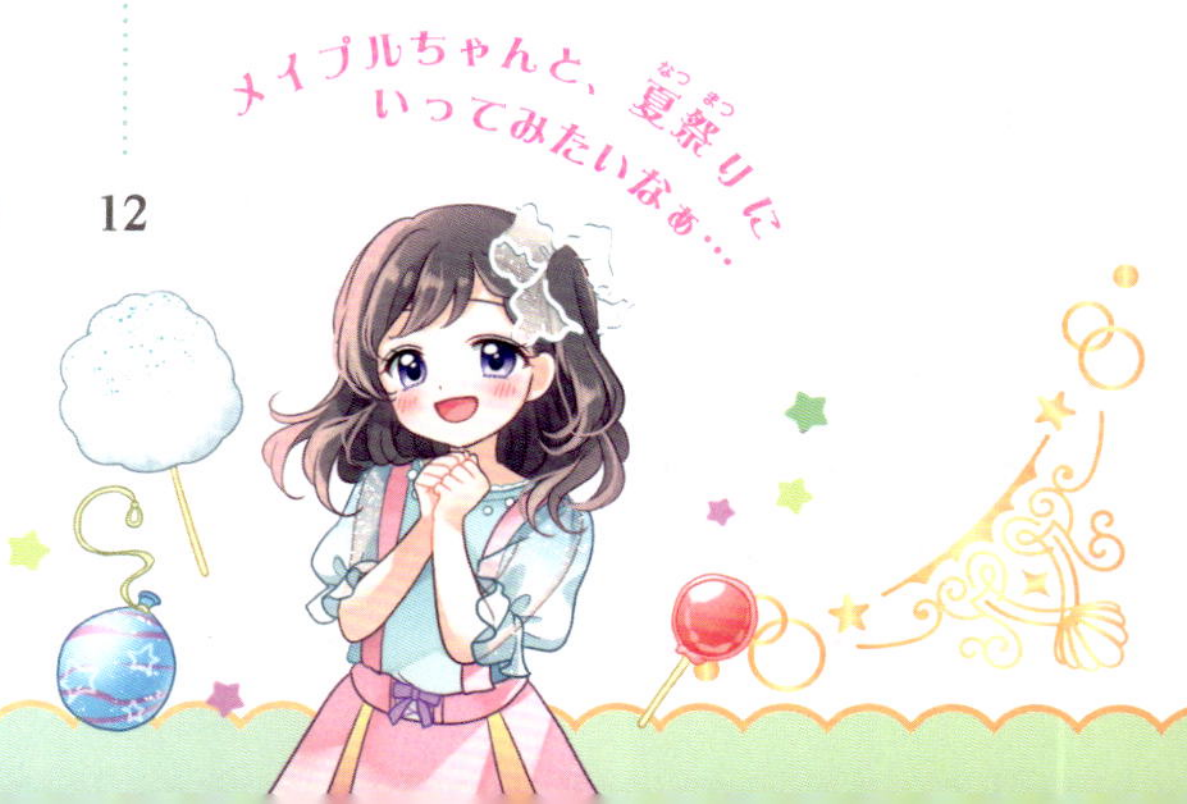

メイプルちゃんと、夏祭《なつまつ》りに
いってみたいなぁ…

第《だい》2章《しょう》 メイプルのお話《はなし》

わあ！　すっかり
わすれてた…
どうしよう～
メイプル！
レポートは
どうなってますの??

登《とう》場《じょう》人《じん》物《ぶつ》
Character

★・人《にん》間《げん》界《かい》・★

鈴《すず》木《き》カエデ

小《しょう》学《がく》4年《ねん》生《せい》の、やさしい女《おんな》の子《こ》
ある日《ひ》、魔《ま》法《ほう》のカギを拾《ひろ》った

カエデのパパとママ

パン屋《や》さんを
いとなんでいる

魔《ま》法《ほう》アイテム

飼《し》育《いく》ファーム

魔法生物《まほうせいぶつ》を育《そだ》てるためのアイテム。
メイプルがめざす、魔法生物《まほうせいぶつ》マイスター
試験《しけん》を受《う》けるために必要《ひつよう》なもの。

登《とう》場《じょう》人《じん》物《ぶつ》
Character

魔《ま》法《ほう》界《かい》

メイプル

魔《ま》法《ほう》学《がっ》校《こう》の4年《ねん》生《せい》の魔《ま》女《じょ》
魔《ま》法《ほう》生《せい》物《ぶつ》が大《だい》すき
カエデの家《いえ》のおとなりに
ひっこしてきた

タウン

メイプルのおじで、
魔《ま》法《ほう》生《せい》物《ぶつ》マイスター

ミニョン

メイプルの
お世《せ》話《わ》をする
使《つか》い魔《ま》

さえずり鳥《とり》

知《し》りたいことをとなえて空《そら》に放《はな》つと
鳥《とり》に変《へん》化《か》し、ほしい情《じょう》報《ほう》を集《あつ》めてくれる。

魔《ま》法《ほう》のカギ

メイプルの家《いえ》にたどりつけるカ
メイプルが道《みち》に落《お》としたもの?
カエデが拾《ひろ》った。

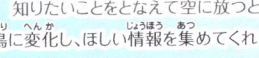

これまでのお話《はなし》

カエデは、魔法《まほう》のカギをきっかけに、
おとなりにひっこしてきた
魔女《まじょ》メイプルと出会《であ》いました。
ふたりは協力《きょうりょく》しあって、メイプルが人間界《にんげんかい》で
なくした魔法《まほう》アイテムを見《み》つけだしていきます。
夏休《なつやす》み、カエデがある場所《ばしょ》で、
魔法《まほう》アイテムを見《み》かけたようで……。

★集《あつ》めた魔《ま》法《ほう》アイテム★

妖精系《ようせいけい》の
＼魔法生物《まほうせいぶつ》にぴったり／

フェアリー・ベル

2巻《かん》で登場《とうじょう》したよ

雷系《かみなりけい》の
＼魔法生物《まほうせいぶつ》にぴったり／

オーロラ色《いろ》の
コーム

1巻《かん》で登場《とうじょう》したよ

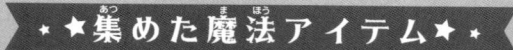

第《だい》1章《しょう》

カエデのお話《はなし》

1

カエデの夏《なつ》休《やす》み

カエデは氷《こおり》がたくさん入《はい》ったカップに、つめたい水《みず》を注《そそ》ぐと、パパとママにさしだしました。

「はい、どうぞ。ちょっと休《きゅう》けいしたら？」

「わあ、ありがとう」

ふたりはぱっと笑顔《えがお》になって、受《う》けとった水《みず》をごくごくと飲《の》みほしました。

「あー、生《い》きかえるよ。もう一ぱい入《い》れてくれるかい？」

パパが、カップをさしだします。
「りょうかーい」
カエデは、はりきって水《みず》を注《そそ》ぎました。

夏休《なつやす》みに入《はい》って、きょうで二週間《しゅうかん》がたちました。

カエデは、毎日《まいにち》やることがなくてたいくつです。

宿題《しゅくだい》のドリルも、調《しら》べ学習《がくしゅう》も、作文《さくぶん》も、全部《ぜんぶ》おわらせたからです。のこっているのは、毎日《まいにち》十分《ぷん》のリコーダー練習《れんしゅう》だけ。なので、あいている時間《じかん》はパパとママのお手《て》つだいをしています。

カエデの家《いえ》は、『ブーランジェリー・クロシェット』という名前《なまえ》のパン屋《や》さんです。

いつもはお店《みせ》でパンを売《う》っているのですが、夏休《なつやす》みのあいだは、あちこちのお祭《まつ》りにキッチンカーで出《で》むいていきます。

そこでパンだけでなく、イチゴやキウイ、モモなどの特製《とくせい》シロップがかかったかき氷《ごおり》や、パパお手《て》製《せい》のジェラート、色《いろ》とりどりのフルーツソーダを売《う》っています。

きょうは、高台《たかだい》にある神社《じんじゃ》のお祭《まつ》りの日《ひ》。

キッチンカーは大人気《だいにんき》で、開店《かいてん》してからずっと長《なが》い行列《ぎょうれつ》ができていましたが、やっと今《いま》、すこしだけひと息《いき》つくことができたのです。


「それにしても、すごい人《ひと》だねえ」

テーブルをふきおえたカエデが、ふきんをカウンターにもどして、いいました。

「日《ひ》がくれたら、またたくさんの人《ひと》がくるわよ。カップとストローを補充《ほじゅう》しておかなきゃ」

「今《いま》のあいだに、追加《ついか》でパストラミビーフのサンドイッチとベーグルサンドをつくっておこうかな」

ふたりとも、息《いき》つくひまもなく準備《じゅんび》をはじめます。

「わたしも、なにか手《て》つだうよ！」

カエデがはりきっていいましたが、ふたりは笑顔《えがお》で首《くび》を横《よこ》にふりました。

「ありがとう、カエデ。じゅうぶん手《て》つだってもらってるから、だいじょうぶよ」

「そうそう、カエデはつめたいジュースでも飲《の》んで、すずんでおきなさい」

(えー、そんなあ)

イベントがある日《ひ》、パパとママは夜《よる》おそくまで家《いえ》にもどれません。そのあいだ、カエデはひとりでるす番《ばん》になります。

ふたりはそれが心配《しんぱい》で、キッチンカーでお店《みせ》をだす日《ひ》は、カエデをつれていくことが多《おお》いです。

そのことを申《もう》しわけないと思《おも》っているようで、パパもママも、あまりお手《て》つだいをさせてくれないのです。

(わたし、お店《みせ》を手《て》つだうの、きらいじゃないんだけどな)

「そうだ。カエデ、手《て》をだしてごらん」

パパにいわれて、カエデがさしだすと、パパが手《て》のひらに五百円《えん》玉《だま》をひとつのせました。

「きょう、手《て》つだってくれたお礼《れい》だよ。これですきなお店《みせ》をまわっておいで」

「えっ、いいの？」

カエデは、ぴかぴか光《ひか》る五百円玉《えんだま》を見《み》つめました。

カエデは、毎月《まいつき》、おこづかいをもらっています。そのお金《かね》で、すきな文《ぶん》ぼう具《ぐ》を買《か》ったり、ヘアアクセを買《か》ったりしています。

のこったときは、ちょきん箱《ばこ》に入《い》れていますが、お手《て》つだいをしておこづかいをもらったのは、はじめてです！

「もちろん。けど、これから夜《よる》になるし、人《ひと》もふえるから、キッチンカーが見《み》えるところまでにしてね」

ママが、ねんおしします。

「うん！　わかってるよ」

カエデは大《おお》きくうなずくと、さっそく境内《けいだい》を歩《ある》いてまわりました。

焼《や》きトウモロコシのお店《みせ》に、ヨーヨーつり、クレープ屋《や》さん。

広《ひろ》い境内《けいだい》には、いろいろな屋台《やたい》がならんでいます。

そのすきまをぬうようにして、ゆかたを着《き》た家族《かぞく》づれや子《こ》どもたちが、おおぜい歩《ある》いています。

みんな、とっても楽《たの》しそう！

「やったあ！」

カエデのすぐうしろで歓声《かんせい》があがりました。

おどろいてふりかえると、カエデと同《おな》じ四年生《ねんせい》くらいの女《おんな》の子《こ》ふたり組《ぐみ》が、スーパーボールすくいの屋台《やたい》の前《まえ》で、さわいでいます。

どうやら、たくさんボールをすくうと、すきな景品《けいひん》に交《こう》かんしてもらえるようです。

（へえ〜、そんな屋台《やたい》もあるんだあ）

今《いま》はやっているキャラクターのぬいぐるみや、かわいらしい雑貨《ざっか》、アクセサリーなどの景品《けいひん》が、たくさんならんでいます。

「わたし、これにする！」

「わーい、おそろいだね」

女《おんな》の子《こ》たちは、色《いろ》ちがいのハンディファンをえらんでいました。

よく見《み》ると、ふたりは髪型《かみがた》も同《おな》じで、服装《ふくそう》もよくにています。

ならんでいると、ふたごみたい。

(友《とも》だちとおそろいかあ……、いいなあ)

カエデは、まだ友《とも》だちだけで買《か》いものや、お祭《まつ》りにいったことがありません。

夏休《なつやす》み中《ちゅう》、学校《がっこう》の友《とも》だちはみんな家族《かぞく》で旅行《りょこう》にいったり、遠《とお》くのおじいちゃんの家《いえ》にいったりしていて、なかなか予定《よてい》があいません。

(もしも、友《とも》だちといっしょにお祭《まつ》りにいけたら、きっと特別《とくべつ》な思《おも》い出《で》になるんだろうなあ……)

そう思《おも》ったとたん、カエデはすぐにメイプルの顔《かお》が思《おも》いうかびました。

メイプルというのは、学校《がっこう》の友《とも》だちではありません。カエデの家《いえ》のとなりに住《す》んでいる、魔法使《まほうつか》いの女《おんな》の子《こ》です。

メイプルは、人間《にんげん》の世界《せかい》にきて、魔法生物《まほうせいぶつ》の研究《けんきゅう》をしているんだといっていました。

だけど、そのことは人間《にんげん》たちにはひみつです。

ある日《ひ》、メイプルは大事《だいじ》なカギを落《お》としてしまいました。

そのカギをカエデがぐうぜん拾《ひろ》ったのをきっかけに、ふたりはなかよくなりました。

うっかりやのメイプルは、どうやらカギだけでなく、魔法生物《まほうせいぶつ》を育《そだ》てるために必要《ひつよう》なアイテムを、人間界《にんげんかい》のどこかに落《お》としてしまっ

たのだそうです。

それで、カエデもそのアイテムさがしをいっしょに手《て》つだうことになったのです。


（メイプルちゃんとお祭《まつ》りにいったら、きっと楽《たの》しいだろうなあ）

カエデは、頭《あたま》の中《なか》で想像《そうぞう》してみました。

興味《きょうみ》しんしん、あちこちの屋台《やたい》をのぞいてはしゃぐメイプルのすがたを思《おも》いうかべましたが、すぐにぷるぷると首《くび》を横《よこ》にふりました。

メイプルは魔法使《まほうつか》い。

そのことはだれにもひみつなので、人間《にんげん》の前《まえ》ですがたを見《み》せることはできません。
だから、ふたりでお祭《まつ》りにいくなんて、できっこないのです。
(あ~あ、つまんないなあ)
ふうっと息《いき》をはいて、そばに転《ころ》がる小石《こいし》をコツンとけりました。
すると、
「おじょうちゃん、元気《げんき》ないね。どうだい、ヨーヨーつりでもしていかないかい?」
すぐそばにある、ヨーヨーつりの屋台《やたい》のおじさんに声《こえ》をかけられました。
水《みず》をはったおけの中《なか》には、カラフルなヨーヨーがぷかりぷかりとうかんでいます。

(そうだ。メイプルちゃんに、このヨーヨーをおみやげに持《も》っていってあげよう。そしたらきっと、よろこんでくれるはず!)

カエデはバッグに入《い》れていたコインケースから、五百円玉《えんだま》を取《と》りだしました。

「やります!」

おじさんはにっこりわらって、カエデにつりばりのついたこよりをさしだしました。

「あいよ。すきなのをつりあげな」

（よーし、がんばるぞ）

カエデはちいさくガッツポーズをすると、さっそくヨーヨーつりをはじめました。

2

ようこそ、ファームへ！

次《つぎ》の日《ひ》、カエデはお昼《ひる》ごはんを食《た》べおえると、魔法《まほう》のカギを首《くび》からさげて家《いえ》をでました。

「うわあ、暑《あつ》い……！」

外《そと》にでたとたん、道路《どうろ》からムッと熱《ねっ》気《き》がたちのぼり、息《いき》をするのも苦《くる》しいくらいです。

あたりにひびくセミの鳴《な》き声《ごえ》をききながら、雑木林《ぞうきばやし》をぬけていきます。

メイプルの家《いえ》のドアの前《まえ》に立《た》つと、

「カエデ！　カエデ！」

屋根《やね》の上《うえ》で、風見鶏《かざみどり》がくるくるまわってさけびました。

だけど、ドアはなかなかひらきません。

風見鶏《かざみどり》の声《こえ》は、サイレンのようにさわがしいのに、中《なか》にいるメイプルにはきこえていないようです。

「これを使《つか》って、中《なか》へ入《はい》ってもいいかな……」

カエデは、首《くび》もとからカギを取《と》りだしました。

前《まえ》にもカエデがチャイムをおしたあと、ドアの前《まえ》でメイプルがでてくるのを待《ま》っていたら、

「カギをあずけているんだから、勝手《かって》に入《はい》ってきて」

といわれたことがありました。

よその家《いえ》に勝手《かって》に入《はい》るのは勇気《ゆうき》がいりますが、カエデはメイプルにいわれたとおりにすることにしました。

「よーし」

首《くび》からさげたカギを、思《おも》いきってカギあなにさしこみ、カチリと

まわしました。

とたんに、ドアが勝手《かって》にギーッと音《おと》を立《た》ててひらきます。

「……おじゃましまあす」

カエデはおそるおそる声《こえ》をかけてみました。

だけど、やっぱり返事《へんじ》はありません。

家《いえ》の中《なか》に一歩足《ぽあし》をふみいれると、ひんやりとすずしい空気《くうき》が、カエデのほほをなでました。ほのかにミントのかおりがします。

(あれ？　るすなのかなあ)

そう思《おも》っていたら、
バサバサッ

部屋《へや》のおくから羽音《はおと》がきこえました。

見《み》ると、テーブルの上《うえ》に『飼《し》育《いく》ファーム』がおいてあります。

飼育《しいく》ファームというのは、魔《ま》法生物《ほうせいぶつ》たちを育《そだ》てる場所《ばしょ》のこと。ガラスばりで、持《も》ち運《はこ》びができるのです。

さまざまな魔法生物《まほうせいぶつ》たちを快《かい》適《てき》な環境《かんきょう》で育《そだ》てられるようにつ

くられています。その飼育《しいく》ファームの上《うえ》に、魔法生物《まほうせいぶつ》のサンダーバードのあかちゃん・サンダーが止《と》まっていました。羽《はね》からは、パチパチとちいさな火花《ひばな》がちっています。

「こんにちは、サンダー。あなた、ひとり？　メイプルちゃんはどこかへいってるの？」

カエデがサンダーにむかって話《はな》しかけていたら、

「ヤッホー、カエデ～！」

どこからか、声《こえ》がしました。

「メイプルちゃん？　どこにいるの？」

きょろきょろとあたりを見《み》まわすと、「ここだよ～」と返事《へんじ》がありました。どうやら、飼育《しいく》ファームの中《なか》から声《こえ》がしているようです。

「えっ」

おどろいて中《なか》をのぞいてみると、ちいさくなったメイプルが、にこにこわらって手《て》をふっているのが見《み》えました。

「今《いま》からわたしが呪文《じゅもん》をとなえるから、カギを使《つか》って、カエデもファームの中《なか》にきて！」

「ええっ、このカギで、どうやって？」

カエデは、おどろいてカギを見《み》つめました。

家《いえ》の中《なか》に入《はい》るときは、自分《じぶん》の家《いえ》に入《はい》るのと同《おな》じやり方《かた》だったのでかんたんでしたが、飼育《しいく》ファームに入《はい》るには、体《からだ》をちいさくしないといけません。カエデは魔法使《まほうつか》いではありません。なのに、そんなことができるのかと不安《ふあん》になりました。

「だいじょうぶ、だいじょうぶ。サンダー、カエデを案内《あんない》してあげて！」

メイプルの声《こえ》に、サンダーはうなずくように首《くび》をゆらすと、バサバサッとつばさをはためかせて、カエデの肩《かた》に止《と》まりました。

そして『だいじょうぶだよ』というように、ちいさくクルルと鳴《な》きました。そのかわいらしい声《こえ》に、カエデはすこしだけ気持《きも》ちが落《お》ちつきました。

「今《いま》からわたしが呪文《じゅもん》をとなえるから、同《おな》じタイミングで、ファームのてっぺんにあるカギあなにカギをさしこんで、右《みぎ》にまわしてね！」

メイプルの声《こえ》に、

「わ、わかった……！」

カエデはあわてて、カギをつかみます。

「さあ、いくよ！」

メイプルが呪文《じゅもん》をとなえはじめます。

「サラマンダー・ウンディーネ・ノーム・シルフ！」

メイプルの呪文《じゅもん》がきこえたと同時《どうじ》に、手《て》に持《も》っていたカギが強《つよ》い光《ひかり》を放《はな》ちはじめました。

カエデは、光《ひか》るカギをファームのカギあなにさしこみ、いきおいよくまわします。

カチリ

とたんに、にじ色《いろ》の光《ひかり》があふれだし、カエデとサンダーをつつみこみました。

次《つぎ》に目《め》をあけると、カエデは緑《みどり》がまぶしい草原《そうげん》の上《うえ》に立《た》っていました。空《そら》には見《み》たこともない、いろいろな魔法生物《まほうせいぶつ》たちがゆうゆうと飛《と》んでいます。

飼育《しいく》ファームに、ぶじ入《はい》れたのです！

クルル

サンダーはちいさく鳴《な》くと、カエデの肩《かた》から飛《と》びたちました。

「サンダー、待《ま》って！」

あわててあとを追《お》いかけると、草原《そうげん》の先《さき》にみずうみが見《み》えてきました。

そのほとりにある大《おお》きな岩《いわ》のそばに、メイプルと使《つか》い魔《ま》のミニョンのすがたがあります。

きょうのメイプルは、髪《かみ》をおだんごにゆいあげて、まるで探検《たんけん》にでもいくような服《ふく》を着《き》ています。

手《て》にはぶあついファイルを持《も》って、むずかしい顔《かお》でなにかをかきとめているようです。

「メイプルちゃーん、ミニョンちゃーん！」

カエデが手《て》をふってかけよると、メイプルが立《た》ちあがって、ふりかえりました。

先《さき》にたどりついたサンダーが、パチパチと火花《ひばな》をちらしながら、メイプルの肩《かた》に止《と》まります。

「ぶじ着《つ》いたんだね、カエデ。
カエデをつれてきてくれて、
ありがと、サンダー」

メイプルが肩《かた》に止《と》まったサンダーに声《こえ》をかけると、サンダーはそれにこたえるように、キュルルと鳴《な》きました。

「ここで、なにしてたの？」

カエデは、メイプルが手《て》に持《も》っているファイルをのぞきこみました。すると、ミニョンが岩《いわ》の上《うえ》でのびあがっていいました。

「メイプルったら、ミニョンが大使館《たいしかん》に提出《ていしゅつ》しなきゃいけない大事《だいじ》なレポートを、ずうっとためこんでいたのですわ！」

ミニョンが、メイプルを横目《よこめ》でにらんで、ぷりぷりおこっています。

「だって〜」

ミニョンは、言《い》いわけしようとするメイプルをぎろりとにらみました。

「だってじゃありませんわ！」

「レポートって、宿題《しゅくだい》みたいなもの？　魔法使《まほうつか》いにも、宿題《しゅくだい》があるんだ」

カエデが質問《しつもん》すると、ミニョンが大《おお》きくうなずきました。

「そうですわ。そういえば、前《まえ》にいってましたけど、カエデは今《いま》、夏休《なつやす》み中《ちゅう》なのですよね？　宿題《しゅくだい》はおわらせましたの？」

「うん、あとはリコーダーの練習《れんしゅう》を毎日《まいにち》すればいいだけ」

カエデが答《こた》えると、ミニョンは「ほら、ごらんなさい！」と、メイプルのほうへむきなおりました。

「やらなきゃいけないことは、先《さき》にしないとですわ！」

キーキーと声《こえ》をあげるミニョンに、

「わかってるってば。だから今《いま》、ちゃんとやってるでしょ～」

メイプルが、のんびりといいました。

「ところで、大使館《たいしかん》って、なあに？」

カエデがたずねると、メイプルは手《て》を止《と》めて答《こた》えました。

「人間界《にんげんかい》にある、魔法使《まほうつか》いのためのお役所《やくしょ》みたいなところ、かな？もちろん、人間《にんげん》たちにはひみつなんだけどね。留学《りゅうがく》しているあいだに、こまったことがあったら相談《そうだん》にのってもらえるの。

留学中《りゅうがくちゅう》は、どんな研究《けんきゅう》をしたのかをまとめて、その大使館《たいしかん》に、定《てい》期的《きてき》に提出《ていしゅつ》しないといけないんだ」

メイプルの手《て》もとを見《み》ると、ファイルにはむずかしそうな文字《もじ》や図《ず》がぎっしりとかきこまれています。

「わ~、たいへんそうだね」

「そうなんだ。魔法生物《まほうせいぶつ》のお世話《せわ》をするのは大《だい》すきだし、研究《けんきゅう》をするのはちっともたいへんだとは思《おも》わないんだけど、それをレポートにまとめるのは苦手《にがて》なんだよね~」

そういうと、メイプルは両手《りょうて》をあげてのびをし、ふわあと大《おお》きなあくびをしました。

「あー、かいてもかいてもおわらないよ～」

とたんに、ミニョンの目《め》がつりあがります。

「ほらほら、おしゃべりしてないで、早《はや》くかかなきゃですわ。提出《ていしゅつ》できなかったら、魔法界《まほうかい》に追《お》いかえされてしまいますわよ」

「わかってるよ、うるさいなあ」

メイプルはそういうと、また別《べつ》の魔法生物《まほうせいぶつ》のいるほうへ歩《ある》いていきました。

（メイプルちゃん、いそがしいんだな）

カエデは、だまってメイプルのあとにつづきます。

「ごめんね、カエデ。せっかくきてもらったのに。これがおわったら、アイテムをさがしにいけるから」

メイプルが、申《もう》しわけなさそうな表情《ひょうじょう》でふりかえります。

「うん、わかった。メイプルちゃんは、いそがしいんだもん。しょうがないよ。それに外《そと》はすごく暑《あつ》いから、あんまり長《なが》いあいだ、さがすのはたいへんだろうし」

カエデは、気《き》にしていないふりをしてわらいました。

ふだんは学校《がっこう》があって、なかなかいっしょにアイテムさがしにいけません。

宿題《しゅくだい》も早《はや》くおわらせたし、夏休《なつやす》みはメイプルとゆっくりさがしにいけるかなと思《おも》っていたのですが、メイプルがいそがしいなら、しかたありません。

（みんな、いそがしいんだな……）

3

魔《ま》法《ほう》アイテムのありか

カエデが一度《いちど》家《いえ》に帰《かえ》ったほうがいいかなと考《かんが》えていたとき、ミニョンが木《き》の下《した》にあるパラソルを指《ゆび》さしました。

「カエデ。メイプルのレポートがおわるまで、そちらにおすわりなさいな」

見《み》ると、テーブルの上《うえ》にはギンガムチェックのテーブルクロスがかかっていて、銀色《ぎんいろ》のティーセットがそろっています。

「つめたいフルーツティーでも、いいか

が？」

ミニョンは、氷《こおり》がいっぱいつまった細長《ほそなが》いグラスに、とろけるようなこはく色《いろ》の紅茶《こうちゃ》を注《そそ》ぎました。

そこへ、グリーンとイエローのキウイとイチゴ、ブルーベリーの実《み》をしずめます。

「さあ、めしあがれ」

「わあ、ありがとう！」

あまずっぱいフルーツティーを飲《の》むと、のどがすうっとすずしくなりました。

カエデはストローで氷《こおり》をかきまぜながら、岩《いわ》の上《うえ》にすわって熱心《ねっしん》にレポートをかくメイプルを見《み》つめました。

飼育《しいく》ファームの中《なか》には、空《そら》を飛《と》ぶもの、草原《そうげん》をかけまわるもの、木《き》に登《のぼ》るものなど、さまざまな魔法生物《まほうせいぶつ》たちがいます。

ふわふわでかわいらしいものもいれば、ちょっとこわそうに見《み》えるものなど、今《いま》までカエデが見《み》たことがない生物《せいぶつ》ばかりです。

（こんなにたくさんの生物《せいぶつ》たちのお世話《せわ》をしているなんて、メイプルちゃんはすごいなあ）

だけどメイプルは、ちっともたいへんそうになんてしていません。

どの魔法生物《まほうせいぶつ》たちにもやさしく声《こえ》をかけ、たいへんだといっていたレポートも、どこか楽《たの》しそうにかいているように見《み》えます。

（ほんとうに、魔法生物《まほうせいぶつ》たちが大《だい》すきなんだなあ）

そう思《おも》ったあと、カエデは、あれっと思《おも》いました。

(わたしには、メイプルちゃんみたいに『これが大《だい》すき』って思《おも》えるもの、なにかあるかな……)

カエデは、お店《みせ》のパンが大《だい》すきです。

部屋《へや》をきれいにかたづけるのもすきですし、あした、自分《じぶん》が着《き》る服《ふく》をコーディネートするのも大《だい》すきです。

でも、メイプルみたいに家族《かぞく》と遠《とお》くはなれてまで、すきなことをしたいかといわれると、そんな自信《じしん》はありません。

(すごいなあ、メイプルちゃんは)

カエデはすっかり感心《かんしん》しながら、メイプルの背中《せなか》を見《み》つめました。

「……ん？」

さっきまで、熱心《ねっしん》にレポートをかいていたメイプルでしたが、今《いま》はみずうみに手《て》をひたして、なにか考《かんが》えこんでいるようです。

「どうかしたの？」

カエデは、メイプルにかけよって、たずねました。すると、メイプルは、心配《しんぱい》そうな表情《ひょうじょう》でみずうみの真《ま》ん中《なか》あたりを指《ゆび》さしました。

「ちょっと水《みず》の流《なが》れをかくにんしてたんだけど……。ほら、あそこ、なにかいるのが見《み》える？」

メイプルが指《ゆび》さしたところを見《み》ると、水面《すいめん》の下《した》に、黒《くろ》いかげがゆらゆらゆれているのが見《み》えます。

「なにかいるね。あれは魔法生物《まほうせいぶつ》なの？」
「うん。ケルピーという種《しゅ》で、『ケルン』って名前《なまえ》なの。あとはあの子《こ》のレポートをかくだけなんだけど、観察《かんさつ》できなくてこまってるんだよねえ」
カエデは、ひざに手《て》をついてよーく目《め》をこらしました。水《みず》の中《なか》の黒《くろ》い影《かげ》は、さざ波《なみ》にゆれるばかりで、どんな形《かたち》の生物《せいぶつ》なのか、色《いろ》や大《おお》きさすらよく見《み》えません。
「魔法《まほう》で、みずうみの中《なか》に入《はい》ることはで

きないの？」

「うーん、できなくはないけど、あの子《こ》はシャイで、わたしがどぼんと水《みず》の中《なか》に入《はい》ると、はずかしがってかくれちゃうんだ。

それだと、ふだんのようすを観察《かんさつ》できなくなっちゃうんだよね」

「だったら、今《いま》まではどうやって観察《かんさつ》していたの？」

カエデの質問《しつもん》に、メイプルはポケットからなにか取《と》りだしました。

「これ、『セイレーンのコンパクト』っていう魔法《まほう》のアイテムなんだけど、今《いま》まではこれをみずうみの中《なか》にしずめて見《み》てたんだ」

そういって、カエデの前《まえ》に、ミルク色《いろ》のおしゃれなコンパクトをさしだしました。

魔法《まほう》アイテム・トリセツ

水系《みずけい》の魔法生物《まほうせいぶつ》との
\コミュニケーションにぴったり/

セイレーンのコンパクト

魔法《まほう》レベル★★

✦効果《こうか》…水《みず》の魔法生物《まほうせいぶつ》であるセイレーンのうろこをかがみに加工《かこう》し、水中《すいちゅう》のようすをうつしだすコンパクト。２個《こ》セットで使用《しよう》します。

(!)注意《ちゅうい》(!)

ひとつだけでは使《つか》えないため、どちらもなくしたり、わったりしないように気《き》をつけましょう。

「これで観察《かんさつ》したらいいのに。もしかして、こわれたの？」

ふしぎに思《おも》ってカエデがたずねると、メイプルはしょんぼりして首《くび》を横《よこ》にふりました。

「それがさ、そのコンパクト、ひとつを水《みず》の中《なか》にしずめて、もうかたほうでケルンの観察《かんさつ》をするんだ。ふたつセットになってるの。でも、ひとつをなくしちゃってて」

「えーっ、そうなんだ」

カエデは受《う》けとったコンパクトをしげしげと見《み》つめました。

「ん？　これ……」

表面《ひょうめん》のもようや、色《いろ》、大《おお》きさ。

なぜかはじめて見《み》た気《き》がしません。

「どうしたの？　カエデ」

メイプルの質問《しつもん》に、カエデは考《かんが》えこみながら答《こた》えました。

「うーん、このコンパクト、どこ

かで見《み》たような気《き》がするんだよね。それも、つい最近《さいきん》」

カエデの答《こた》えに、メイプルとミニョンが「え！」と同時《どうじ》に声《こえ》をあげました。

「それは、どこでですの？」

「今《いま》それを思《おも》い出《だ》そうとしてるんだけど、どこでだったかなあ」

カエデはしばらく考《かんが》えこんでいましたが、ハッと顔《かお》をあげました。

「わかった……！　お祭《まつ》りの屋台《やたい》だ」

カエデの言葉《ことば》に、メイプルとミニョンは顔《かお》を見《み》あわせました。

「ヤタイって、なに？」

急《きゅう》に質問《しつもん》をされて、カエデはうまく説明《せつめい》できるか、どぎまぎしました。

「ええっとね、お祭《まつ》りにでるお店《みせ》のこと、かな。

といっても、入《い》り口《ぐち》がある建物《たてもの》じゃなくて、台《だい》の上《うえ》にかんたんな屋根《やね》をつけたお店《みせ》だよ。お祭《まつ》りのときは、道《みち》にそって食《た》べものとか飲《の》みものとかゲームができるいろんな屋台《やたい》がずらっとならぶんだ」

「へえ〜、おもしろそう！」

メイプルの目《め》が、キラーンと光《ひか》ります。

「きのう、わたしのパパとママもお祭《まつ》りにお店《みせ》をだすからついていったんだよ。あ、これお祭《まつ》りのおみやげ。メイプルちゃんに買《か》ってきたんだよ」

カエデが持《も》ってきたヨーヨーを取《と》りだして、メイプルに手《て》わたしました。受《う》けとったメイプルは、ヨーヨーをじっと見《み》つめます。

「こうやって、指《ゆび》にゴムをはめて、はずませるの」

カエデがヨーヨーを手《て》のひらではずませると、メイプルは、ぱあっと笑顔《えがお》になりました。

「ありがとう！　かわいい」

メイプルがカエデから受《う》けとったヨーヨーで、にこにこしながら遊《あそ》んでいるのを見《み》て、カエデもうれしくなりました。

「でね、きのう、スーパーボールすくいの景品《けいひん》の中《なか》に、これとにたものがあった気《き》がしたの」

カエデはそういうと、もう一度《いちど》コンパクトをかくにんしました。

「うん、やっぱり同《おな》じだ。まちがいないよ！」

「えーっ、なんでそんなとこにあるんだろ。でも、それならそのお祭《まつ》りにいけば……」

「きっと、見《み》つかる！」

ふたりと一ぴきの声《こえ》が重《かさ》なります。

ミニョンも、うれしそうにその場《ば》でくるくるまわります。

（え！　ということは、もしかしたら、メイプルちゃんとお祭《まつ》りにいけるのかな？　もしそうなら、うれしい！）

カエデは手《て》の中《なか》の、セイレーンのコンパクトを見《み》つめて、にっこりほほえみました。

第《だい》2章《しょう》

メイプルのお話《はなし》

1

大使館《たいしかん》からの手紙《てがみ》

プクプクと耳《みみ》なれない音《おと》がして、メイプルは体《からだ》を起《お》こしました。

まるで、ソーダの入《はい》ったグラスの中《なか》にいるみたい。ちいさなあわが、天《てん》にむかってのぼっていきます。

色《いろ》とりどりの魔法生物《まほうせいぶつ》たちが、メイプルの横《よこ》をゆったりと泳《およ》いでいきます。

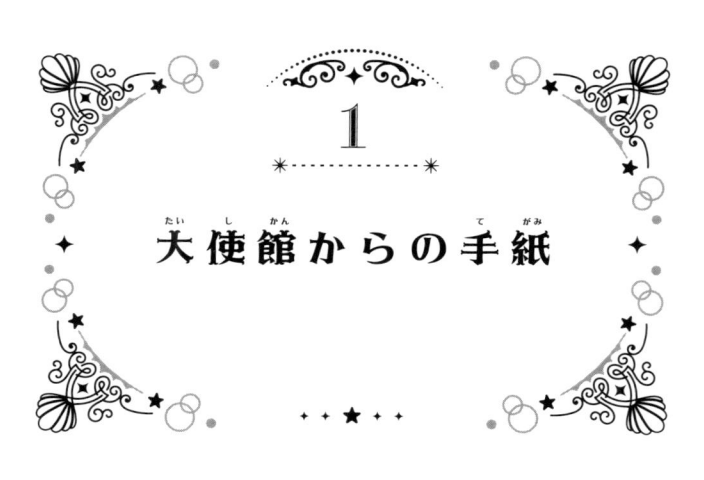

(あれ、ここはどこ?)

足《あし》もとには細《こま》かいすな。メイプルの長《なが》い髪《かみ》は、ゆらゆらとたゆたっていま

郵便はがき

料金受取人払郵便

大崎郵便局承認

8033

差出有効期間
2026年
12月3日まで
(切手はいりません)

1418790

102

東京都大崎郵便局 私書箱６７号
(株)Gakken K12-1事業部 児童読み物チーム

「となりの魔女フレンズ 3巻」係

※ご記入いただいた個人情報（住所や名前など）は、商品・サービスのご案内、企画開発のためなどに使用いたします。また、御案内や賞品発送業務を発送会社に委託する場合があります。個人情報に関するお問い合わせは、お問い合わせフォーム（https://www.corp-gakken.co.jp/contact/）よりお問い合わせください。当社の個人情報保護については当社ホームページ（https://www.corp-gakken.co.jp/privacypolicy/）をご覧ください。発行元　株式会社Gakken　東京都品川区西五反田2-11-8　代表取締役社長　南條達也　個人情報に関してご同意いただけましたら、ご送付ください。

★ ご住所　〒　TEL
都道
府県

★ お名前	★ 保護者の方のお名前
★ 学年・年れい 年生（　　才）	★ 性別 男 ・ 女 ・ 回答しない

★ 今後、新作のご案内をお送りしてもよろしいですか？
（ はい ・ いいえ ）

★ 今後、新企画についてご意見をうかがうアンケートをお送りしてもよろしいですか？
（ はい ・ いいえ ）

★ ハガキの内容をウェブサイト・広告物などに掲載させていただいてもよろしいですか？
（ 名前なしならよい ・ いいえ ）

A. この本をどこで知りましたか？

1. 書店店頭　2. ネット書店　3. ハガキの新刊案内

4. 知りあいが持っていた　5. 雑誌・新聞

6. SNS（Twitter・Facebook・Instagram・その他）

7. ブログ・ウェブサイト　8. その他（　　　　　　　　　　　　）

B. この本をえらんだ理由は？（いくつでも）

1. お話がおもしろそうだった　2. 魔法がすき　3. 絵がすき

4. 表紙がかわいかった　5. タイトルがよかった　6. さし絵が多い

7. その他（　　　　　　　　　　　　　　　　　　）

C. あなたのすきな本を教えてください。

※本をあまり読まない場合は○を。［　　　　　　　　　　　　　　］

D. あなたのすきなマンガを教えてください。

※マンガを読まない場合は○を。［　　　　　　　　　　　　　　］

E. あなたのすきな色を教えてください。

［　　　　　　　　　　　　　　　　　　　　　　］

F. あなたの習いごとを教えてください。

［　　　　　　　　　　　　　　　　　　　　　　］

G. 本の感想や、イラストをかいてね！

保護者の方へ

H. この本をえらんだのは、どなたですか？

ア. お子さまご本人　イ. 父　ウ. 母　エ. 祖父母　オ. その他（　　　　）

I. 1か月にどのくらい書店に行きますか？

ア. 行かない　イ. 1〜2回　ウ. 3〜4回　エ. 5回以上

J. 1か月にどのくらいお子さまの本を買いますか？

ア. 買わないことが多い　イ. 1〜2冊　ウ. 3〜4冊　エ. 5冊以上

す。顔《かお》をあげると、はるか上《うえ》のほうで光《ひかり》がちらちらとゆれているのが見《み》えました。

(え、もしかして、ここって、水《みず》の中《なか》……?)

そう思《おも》ったとたん、

「テガミー！　テガミー！」

かんだかい声《こえ》がして、メイプルは、がばっと体《からだ》を起《お》こしました。

そこは、見《み》なれたメイプルの部屋《へや》でした。

「あ、な～んだ。夢《ゆめ》だったんだ」

メイプルは安心《あんしん》して、ボフッとまくらに頭《あたま》をうずめます。

「まだねむいから、もう一度《いちど》ねようっと……」

すると、どたどたと近《ちか》づいてくる足音《あしおと》がきこえてきました。バーンといきおいよくドアがあき、

「大使館《たいしかん》から手紙《てがみ》がとどきましたわ～！」

ミニョンが飛《と》びこんできました。

「……んまあ！　メイプルったら、まだねてますの!?　いいかげん、起《お》きなきゃですわ！」

ミニョンが、あきれたように、メイプルのベッドの上《うえ》でとびはねます。

「ぐ！　いたいなあ、もう。おなかの上《うえ》でとびはねないでよ」

メイプルがしぶしぶ起《お》きあがると、ミニョンはびしっと手紙《てがみ》をつきつけました。

「びっくりしたのは、こちらですわ！　いったい今《いま》、何時《なんじ》だと思《おも》ってますの？」

「いいじゃーん。べつに学校《がっこう》があるわけじゃないんだから」

メイプルは両手《りょうて》をあげて、ふわあっと大《おお》きなあくびをしました。

「それどころじゃありませんわ！　大使館《たいしかん》からの手紙《てがみ》に、『こちらにきてから、一度《いちど》もレポートが提出《ていしゅつ》されていない』と書《か》いてありますわよ。どういうことですの？」

「え、レポート？」

メイプルはあわてたようすでベッドから飛《と》びおりると、ゆかにつみか

さなったトランクをあけて、中《なか》をさぐりはじめました。

「ええっと、どこだっけ……。提出物《ていしゅつぶつ》の期限《きげん》が書《か》いてある紙《かみ》。たしか、このあたりに入《い》れたと思《おも》ったんだけど」

ぶつぶついいながら、トランクやボックスをひっくりかえし、やっと一まいの紙《かみ》をひっぱりだしました。

トランクのおくそこにあったみたいで、しわくちゃです。

メイプルは、机《つくえ》の上《うえ》で一生《いっしょう》けんめいしわをのばしてから、日《ひ》にち

をかくにんしました。提出日《ていしゅつび》は十日《とおか》も前《まえ》です。

「やばーい、わすれてた」

メイプルの言葉《ことば》に、ミニョンはその場《ば》でばたんとたおれました。

「わすれてた、じゃありませんわ～！」

それが、きのうの朝《あさ》のこと。

きのう、きょうと、ファームにこもりっきりで、一生《いっしょう》けんめいレポートをかいたから、すぐに提出《ていしゅつ》できると思《おも》ったのですが……。

『セイレーンのコンパクト』がないせいで、みずうみの中《なか》にいるケルピーの観察《かんさつ》ができないのです。

5 となりの魔女《まじょ》フレンズ

Tonari no Majyo Friends

あらすじ

虹色《にじいろ》のカギを拾《ひろ》ったカエデが、落《お》とし主《ぬし》の女の子を追《お》いかける
そこには見たことのないおうちが。なんとその子は、ある目的《もくて》
ため人間界にやってきた魔女《まじょ》で……!?　ひみつの友情《ゆうじょう》のはじま

はじめの1ページ

1

カエデの心配《しんぱい》ごと

「ただいまー！」
いきおいよくドアをおすと、カラン
カランとすずやかなベルの音《おと》がひびき
ます。
ドアの中《なか》に入《はい》ったとたん、ふんわり
とパンが焼《や》きあがるにおいがしました。
カエデは、目《め》をとじてむねいっぱい
空気《くうき》をすいこみます。
（う〜ん、いいにおい！）
カエデの家《いえ》は、駅前《えきまえ》の商店街《しょうてんがい》からす

こし外《はず》れたところにあるパン屋《や》さんです。
お店《みせ》の名前《なまえ》は、『ブーランジェリー・クロシェット』。

じっさいの文字の大きさだよ！

ドアの中《なか》に
とパンが焼《や》きあ
カエデは、

ナイショのお話

メイプルは、おっちょこちょいなところもありますが、
魔法生物《まほうせいぶつ》の飼育《しいく》がとってもじょうずなんですわよ。

メイ

S T

招待状《しょうたいじょう》

キラキラして、ドキドキして
心ときめく

女の子たちが主役《しゅやく》の6つの物語《ものがたり》

2つめの物語《ものがたり》

魔法《まほう》の学園の生徒《せいと》たちの物語《ものがたり》

動《どう》物《ぶつ》の幸《しあわ》せのために、わたしがんばる！

はらはら
ドキドキ、
笑顔《えがお》になれる

たくさんの
動《どう》物《ぶつ》が登《とう》場《じょう》！

主《しゅ》人《じん》公《こう》
リリアーネ
動《どう》物《ぶつ》と話せる
小学4年生

紹《しょう》介《かい》した巻《かん》はこちら

1巻
『動物園《どうぶつえん》は大さわぎ！』

タニヤ・シュテーブナー・著
中村智子・訳　駒形・絵

定価：968円
（本体880円+税10%）

リリアーネのお話は、
他《ほか》にもあるよ！

くわしくは
ウェブサイトを
見てね▶

1 リトル☆バレリーナ

あらすじ

ココは、バレエが大すき！　友だちのヒナと、楽しくレッスンに通っています。あるとき、ちょっとしたできごとが起《お》こって――。友情《ゆうじょう》に夢《ゆめ》、あこがれ……。ドキドキのバレエ物語《ものがたり》シリーズです！

はじめの1ページ

1

はじめての発表会《はっぴょうかい》

「今日《きょう》のレッスンは、ここまでです」

アスカ先生《せんせい》の声《こえ》に、みんなが、ささっとフロアの中央《ちゅうおう》に集《あつ》まった。

ここは、世界《せかい》で活《かつ》やくするバレエダンサーを多《おお》

……レエスクール。

……ノの生演《なまえん》そう、外国《がいこく》

……キラキラしている。

……ッスンできるなんて、

……っとりしてしまう。

じっさいの文字の大きさだよ！

くする

名バレエスクー

ランドピアノの

物《もの》

ナイショのお話

ココも、わたしも、おしゃれが大すき！　なかよしだけど、ふたりの服《ふく》の好《この》みはちょっぴり、ちがうの♪　本をチェックしてみてね♡

ココの親友《しんゆう》

る

の物語《ものがたり》

どの物語《ものがたり》から読んでみる？

の物語《ものがたり》

人間と魔《ま》女《じょ》のひみつの友《ゆう》情《じょう》物《もの》語《がたり》

6つめの物語《ものがたり》

おしゃれなふたごのプリンセスの物語《ものがたり》

6

まほうのドレスハウス

ふたごのプリンセ

★あらすじ★

ファッションの都《みやこ》、マール王国にすむふたごのプリンセス。ふたりが「まほうのドレスハウス」を見つけたことから、おしゃれでこまった人びとをたすけることになって……？

はじめの1ページ

「おかしいわ、お気《き》にいりのゆびわが、みあたらないの」

「わたしのブローチもよ。どこにいったのかしら？」

1

ふしぎなできごと

ここは、はなやかな
おしゃれのみやこ、マール王国《おうこく》。
お城《しろ》には、おしゃれがすきな
ふたごのプリンセスがいます。
しっかり者《もの》のお姉《ねえ》さん、
クレア姫《ひめ》と、元気《げんき》で明《あか》るい妹《いもうと》、
アリス姫《ひめ》です。
きょうのふたりは、どうやら
あさからこまっているようです。

6

じっさいの文字の大きさだよ！

クレア姫《ひめ》
アリス姫《ひめ》

ナイショのお話

マール王国には、本当におしゃれにこまった人だけが見つけられる、「まほうのドレスハウス」があるんだニャ……。

ふたり。

STO

お友《とも》だちや、だれかのために、
ねこになって、大冒険《だいぼうけん》!!
すてきなドレスのおひろめがある、ファッションショー!
音楽隊の演そうにパレード。おかしもくばられて。
今回は、どんなふうに、なるのかしら!?
すてきなドレスの
ファッションショー
それから、ペンダントのねこめ石を、そっとなでたのです。
石から、ピカッと光が出て、まぶしさに、ララ姫は、
と目をつぶりました。
しばらくして、ララ姫は、ゆっくりと目
手に、しっぽ……すっかり茶色のとら
ミャ! (さあ、行こう!)
小さくそういうと、ララ姫は、急
黒ねこが、テラスのてすりをタタ
木に、とびうつりました。
ララ姫も、あとを追います。
なぞの黒《くろ》ねこと
真夜中《まよなか》の冒険《ぼうけん》!
主人公《しゅじんこう》
ララ姫《ひめ》
おしゃれも冒険《ぼうけん》も
大すきな王女
とらねこ
ねこの
正体《しょうたい》は——!?
紹介《しょうかい》した巻《かん》はこちら
ララ姫はときどき☆こねこ
2巻
『ときめきドレスと、おしゃれ魔女《まじょ》!?』
みおちづる・作　水玉子・絵
定価:1,210円～1,320円
(本体1,100円～1,200円+税10%)
ララ姫《ひめ》の他《ほか》のお話や、ドレスコンテストについて!
くわしくはウェブサイトを見てね▶
RY / 4

2 虹《にじ》の島《しま》のお手《て》紙《がみ》つき

あらすじ

おとぎの世界《せかい》にある虹《にじ》の島《しま》、ユニコーン・アイランド。魔法《まほう》の
園ユニコーン・アカデミーに入学し、運命《うんめい》のユニコーンや寮《りょう》の
間《ま》とのきずなや魔法《まほう》が生まれたり、事件《じけん》を解決《かいけつ》していく物語《ものがたり》

はじめの1ページ

1

夢《ゆめ》への第一歩《だいいっぽ》

ここは、ユニコーン・アイランド。

おとぎの世界《せかい》にある、魔法《まほう》の島《しま》です。森《もり》や草原《そうげん》には、虹色《にじいろ》の小川《おがわ》が流《なが》れ、魔法《まほう》の生《い》き物《もの》であるユニコーンが、島《しま》をまもっています。

「さあ、リル、ついたわ。ここがユニコーン・アカデミーよ！」

内気《うちき》そうな女《おんな》の子《こ》に、ママがむこうにみえるりっぱな建物《たてもの》を指《ゆび》さしました。

26

"心《こころ》の形《かたち》"をあらわすハート形《がた》をしたクリスタルで、よくみると、すきとおったハートの中心《ちゅうしん》に、ほのおのようなきらめきがみえるといいます。
さらに"人《ひと》の心《こころ》にあるほんとうの気持《きも》ちをみぬく"魔法《まほう》のパワーを持《も》っていて、長《なが》い間《あいだ》、宮殿《きゅうでん》の大広間《おおひろま》にあるケースにおさめられ、大切《たいせつ》に
ハートクリスタルが正《ただ》しい場所《ばしょ》にあるかぎり、
どわされずにすごすことができる、と信《しん》じら
ところが……。
悲《かな》しいことに、十年《じゅうねん》まえの朝《あさ》、クリスタ
どれだけさがしても犯人《はんにん》はみつからず、

じっさいの文字の大きさだよ！

虹色《にじいろ》の小川《おがわ》が
あるユニコーン

ナイショのお話

生徒《せいと》も先生も、寮《りょう》で共同《きょうどう》生活をしているの！　わたしのお部屋《へや》アメジストルームは4人部屋《べや》。1さつごとに主人公《しゅじんこう》とイラストレーターが交代《こうたい》していくよ。

キャンディ
(2巻《かん》の主人公《じゅじんこう》だ

STC

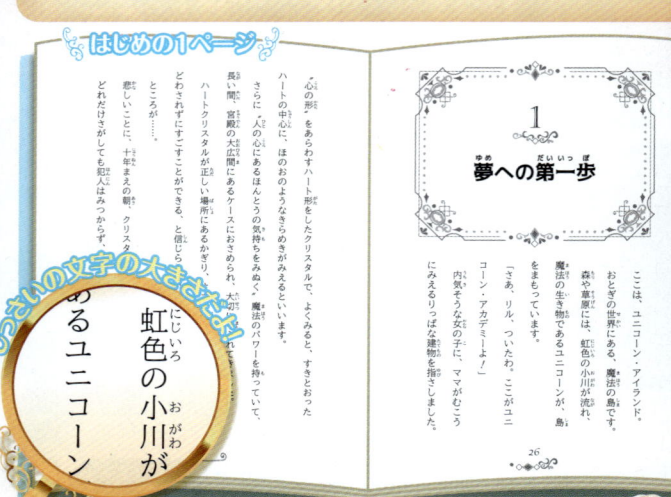

どこにいても、何をしていても、
ページを開《ひら》いたしゅんかんに、
お話の世界《せかい》へひとっとび！

あなたが、ときめきをさがしているとき、
いつでもあそびにきてね。
わたしたちは、物語《ものがたり》の中で待《ま》っているから

1つめの物語《ものがたり》

バレエが大すきな
女の子の物語《ものがたり》

あの子となら仲《なか》よくなれるかも 見つけた！ トクベツな友だち

すぐそばにある池から顔をだした魔法生物たちが、

むかって手をふっていました。

そう、ここは青空ファームの中なのです。

メイプルは、口をあけてあたりをきょろきょろしていたカエデの

手を取りました。

「こっち、こっち」

カエデの手をひいてむかったのは、大きな木の下です。

「さあ、乗って」

紹《しょう》介《かい》した巻《かん》はこちら

1巻

『カギからはじまる友だちの魔法《まほう》』

宮下恵茉・作　子兎。・絵

定価：1,210円
（本体1,100円+税10%）

同じ作者《さくしゃ》による、別《べつ》のシリーズもあるよ！

くわしくはウェブサイトを見てね▶

3 動物《どうぶつ》と話せる少女《しょうじょ》リリアーネ

あらすじ

リリアーネのひみつ——、それは、どんな動物《どうぶつ》とも話せることと植物《しょくぶつ》を元気にする力があること。そんなリリアーネが、動物《どうぶつ》たちの幸《しあわ》せのために、親友イザヤとともに大かつやく！

はじめの1ページ

新しい学校

七時四十分。リリは鏡の前で、言うことをきかない、くせのある赤い髪を、まっすぐにのばそうとしていました。リリを呼ぶパパの声も、三度目ともなると、今にも階段をのぼってきそうな勢いです。リリはため息をつくと、髪の毛をののしりました。

「もう、むかつくモップ！」

そこへ、パパが入ってきました。

「だれに向かってしゃべってるんだ？」

「髪の毛よ」

「そんなことより、リリ、もう遅いぞ！　転校そうそう遅刻しちゃうだろ」

リリは、引っ越し用のダンボール箱の間から、あわててかばんを探しだすと、パパにくっついて、キッチンにおりていきました。新聞の向こう側で、ママが口をもぐもぐさせながら言います。

「おはよう」

「おばあちゃんは？」リリはくるりと見回しながら、お弁当のパンをかばんにつめているパパにたずねました。

「犬の散歩に出かけたよ」パパはそう答えると、ド……とおしました。

「パパ？　もしも……」とつぜん、リリは立……

「考えるのはよしなさい。すべてうまくいく……上着のファスナーをしめながら、はげま……へこたれない。そうだろう？」

リリは勇ましく、こくりとうなずいたも……しろ、前の学校で、どんなに面倒なことに……

ナイショのお話

となりに住《す》むねこの「シュミット伯爵夫人《はくしゃくふじん》」と、ぼくのけんかをとめてくれたのも、リリなんだよ。とってもやさしいんだ！

リリアーネの
ボンサ

S T

たしも、あなたも、
夢《ゆめ》がかないますように！

ゆうがなバレエの世界《せかい》！

主《しゅ》人《じん》公《こう》
ココ
元気で、明るい。4歳《さい》から、バレエを習《なら》っている

ときめきシーンがいっぱい♪

紹《しょう》介《かい》した巻《かん》はこちら

2巻
『ねむれる森の、きらめく魔法《まほう》!?』

工藤純子・作　佐々木メエ・絵
村山久美子・監修　サトウユカ・絵
定価：1,210円～1,320円
(本体1,100円～1,200円+税10%)

ココのお話は、他《ほか》にもあるよ！

くわしくはウェブサイトを見てね▶

わたしの運命《うんめい》のユニコーンはどんな子？

きずなが生まれるしゅんかん☆

主人公《しゅじんこう》からのお手紙が読める！

1さつごとに主人公《しゅじんこう》がかわるよ！

1巻
主人公《しゅじんこう》
リルとネーネ

3巻
主人公《しゅじんこう》
セアラとムーン

紹介《しょうかい》した巻《かん》はこちら

1巻
『アメジスト編《へん》①
運命《うんめい》のユニコーン』
ジュリー・サイクス・原作
チーム151E☆・企画構成
定価：1,232円
（本体1,120円＋税10％）

「お手紙つき」シリーズは、他《ほか》にもあるよ！

くわしくは
ウェブサイトを
見てね▶

RY / 2

掲載内容・価格は 2024 年 8 月現在のものです。変更の可能性がございますので、ご了承ください。

4 ララ姫は ときどき★こねこ

あらすじ

ある王国の王女、ララ姫《ひめ》は、10歳《さい》の誕生日《たんじょうび》の前夜、きれい
石のペンダントをもらいます。その石には、ねこになれる魔法《まほう》
こめられていて——。夢《ゆめ》と魔法《まほう》がいっぱいの、冒険物語《ぼうけんものがたり》！

はじめの1ページ

MAISON LILY
1
町《まち》へお買《か》い物《もの》
太陽《たいよう》の光《ひかり》がまぶしい青空《あおぞら》の下《した》、アルテシア王国《おうこく》の大通《おおどお》りを、一ぴきのこねこが、トントンとはねるように、歩《ある》いています。
宝石《ほうせき》のような、カラフルなキャンディが売《う》られているおかし屋《や》さん、めずらしい生地《きじ》に、ししゅうがきらめくドレスのお店《みせ》、やきたての香《こう》ばしい香《かお》りがただようパン屋《や》さん——。
石だたみの通《とお》りには、いろいろな店《みせ》がたちならんでいます。
8
じっさいの文字の大きさだよ！
めずらしい
きらめくドレ
香《こう》ばしい香《か》

ナイショのお話

わたしが、ペンダントの石をなでると、ねこになったララ姫《ひめ》が人間のすがたにもどれるの。それと、わたしたちのドレスにも、注目《ちゅうもく》してね！

ララ姫《ひめ》の
ポリー
STO

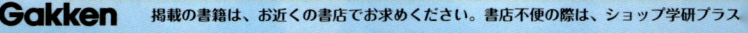

大すきなおしゃれで、お友だちを笑顔《えがお》にしたい！

ールでおしゃれをお手つだい☆

主人公《しゅじんこう》
アリス姫《ひめ》
センスばつぐんなふたごの妹

お話のとちゅうに、キュートなゲームも

主人公《しゅじんこう》
クレア姫《ひめ》
ものしりなふたごのお姉さん

紹介《しょうかい》した巻《かん》はこちら

『ふたごのプリンセスときらめくようせいドレス』
赤尾でこ・原作
まちなみなもこ・絵
定価：1,100円～1,210円
(本体1,000円～1,100円+税10%)

クレア姫《ひめ》とアリス姫《ひめ》のお話は、他《ほか》にもあるよ！

くわしくはウェブサイトを見てね▶

らすねこ
キ
R Y / 6

反田 2-11-8　TEL：03-6431-1197

9300007941

3つめの物語《ものがたり》

動物《どうぶつ》と
女の

動物と話せる少女
リリアーネ 1
動物園は大さわぎ!
タニヤ・シュテーブナー 著
中村智子 訳
Gakken

4つめの物語《ものがたり》

ねこになれる王女の冒険物語《ぼうけんものがたり》

ララ姫はときどき★こねこ
1
バースデーに魔法がはじまる!
Gakken

5つ

となりの魔女フレン
作・宮下恵茉
絵・子兎。

郵 便 はがき

85円
切手を
おはりください。

おうぼ有効期間
2025年3月31日
(当日消印有効)

141-8790
102

東京都大崎郵便局 郵便私書箱第67号

㈱Gakken　K12-1事業部
児童読み物チーム

「となりの魔女フレンズ3巻」
魔法生物コンテスト　係行

※ご記入いただいた個人情報（住所や名前など）は、商品・サービスのご案内、企画開発のためなどに使用いたします。また、御案内や賞品発送業務を発送会社に委託する場合があります。個人情報に関するお問い合わせは、お問い合わせフォーム（https://www.corp-gakken.co.jp/contact/）よりお問い合わせください。当社の個人情報保護については当社ホームページ（https://www.corp-gakken.co.jp/privacypolicy/）をご覧ください。発行元　株式会社Gakken　東京都品川区西五反田2－11－8　代表取締役　南條達也　個人情報に関してご同意いただけましたら、ご送付ください。

✦ご住所　〒　　　　　　　　TEL（　　　　　　）
都道
府県

✦お子さまのお名前　　　　　　✦保護者の方のお名前

✦新作のご案内をお送りしてもよろしいですか？　（　はい　・　いいえ　）

✦今後、新企画についてご意見をうかがう
アンケートを送ってもよろしいですか？　（　はい　・　いいえ　）

✦学年と年れい　　　　　　✦ペンネーム
小学
中学　　年生　（　　　　）さい

✦カエデ、メイプル、ミニョンへのメッセージをお書きください。
(以下の内容をweb、広告物などに掲載するのは [名前なしならよい・よくない])

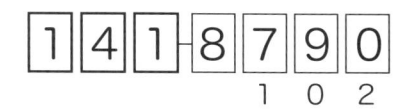

魔法生物《まほうせいぶつ》コンテスト おうぼハガキ☆

「となりの魔女フレンズ」3巻のオビをよく読んで、おうぼしてね。

☆◆魔法生物《まほうせいぶつ》の名前《なまえ》◆☆

考えた魔法生物の絵を自由にかいてね。
ペン、色えんぴつなど、なにでかいてもOK。

☆◆魔法生物《まほうせいぶつ》メモ◆☆

魔法生物《まほうせいぶつ》のせつめいをかいてね。

✦ からだの大《おお》きさ：

✦ すんでいるところ：

✦ すきな食《た》べもの：

ほかの特《とく》ちょう

カエデが帰《かえ》ったあと、メイプルは、ひとまずできたところまでを提出《ていしゅつ》するために、大使館《たいしかん》へむかうことにしました。

「まだ全部《ぜんぶ》かけていないとつたえたら、なんていわれるかしら？　メイプルがしかられたらどうしましょう……」

メイプルが着《き》がえているあいだ、ミニョンが、心配《しんぱい》そうにおろおろしています。

「かけていないのは、ケルンのレポートだけでしょ。ほとんどかけてるんだし、だいじょうぶ。ミニョンは心配《しんぱい》しすぎだよ～」

メイプルが、ほがらかにわらいます。

「メイプルが、いいかげんすぎるのですわ！」

ミニョンがキッとメイプルをにらみつけましたが、メイプルはまったく気《き》にしていません。

「平気《へいき》だってば。おまたせ、着《き》がえおわったよ。ほら、いこう」

メイプルに声《こえ》をかけられると、ミニョンはあわててメイプルのバッグに飛《と》びこみました。メイプルは、リビングのおくにある黒《くろ》いドアの前《まえ》に立《た》つと、取《と》りだしたカギをカギあなにさしこみました。

「ディナダン・パロミス！」

メイプルが呪文《じゅもん》をとなえてかちりとカギをまわすと、ドアのすきまから、ぱあっとオーロラ色《いろ》の光《ひかり》がもれだしました。

ゆっくりとドアをおすと、その先《さき》は赤《あか》いじゅうたんがしきつめられた長《なが》いろうかへとつながっています。
ろうかの両《りょう》わきには、たくさんの肖像画《しょうぞうが》がかざってあります。
歴代《れきだい》の偉大《いだい》な魔法使《まほうつか》いたちです。

メイプルがおくのドアへむかって歩《ある》きだすと、肖像画《しょうぞうが》たちは、まるでメイプルを値《ね》ぶみするように、じろじろと見《み》おろしました。

「はわわ、見《み》られてますわ、メイプル」

いつもいせいのいいミニョンが、バッグから顔《かお》をすこしだけだして、小声《こごえ》でささやきます。

「だいじょうぶ、だいじょうぶ、こわがることなんてないよ～」

いっぽうのメイプルは、ほほえみをうかべ、おまけに鼻歌《はなうた》まで歌《うた》いながら、おくのドアへと歩《ある》いていきました。

ろうかのおくには、金色《きんいろ》のドアノブがついたりっぱな両《りょう》びらきのドアがあります。

メイプルは、ちょっとだけ背《せ》のびをすると、コンコンとリズムよくドアをノックしました。

「こんにちはー！　あ、こんばんは、かな？　留学生《りゅうがくせい》のメイプルです」

メイプルが元気《げんき》よく自分《じぶん》の名前《なまえ》をいいました。

とたんに、ドアがひとりでにギイッと音《おと》を立《た》ててひらきます。

「入《はい》りなさい」

中《なか》から、りんとした声《こえ》がきこえてきました。きいただけで、ぴんと背《せ》すじがのびるような声《こえ》です。

のんびりやのメイプルも、さすがにきんちょうしてきました。

「失礼《しつれい》します」

と頭《あたま》をさげると、部屋《へや》の中《なか》に足《あし》をふみいれます。

ふたたびギイッと音《おと》を立《た》てて、うしろのドアがしまりました。

「ひゃあ！」

ミニョンがぶるぶるふるえて、顔《かお》をひっこめます。

「メイプル、よくきましたね」

顔《かお》をあげると、部屋《へや》のおくにりっぱなちょうこくがほどこされた、大《おお》きな机《つくえ》があるのが見《み》えました。

魔法学校《まほうがっこう》の校長先生《こうちょうせんせい》の机《つくえ》よりも、ずっとりっぱです。

そのむこうに、だれかがこちらに背《せ》をむけてすわっていました。

長《なが》い背《せ》もたれにかくれて、だれがすわっているのかはわかりませんが、きっと大使館《たいしかん》でいちばんえらい魔法使《まほうつか》いなのでしょう。なんといっても、留学生以外《りゅうがくせいいがい》で人間界《にんげんかい》に自由《じゆう》にいくことができるのは『魔法界認定《まほうかいにんてい》』を受《う》けた、実力《じつりょく》のある魔法使《まほうつか》いだけなのですから。

「あの、すみません。レポートを提出《ていしゅつ》するのを、うっかりわすれていて……」

メイプルがそういって、おくの机《つくえ》にむかって歩《ある》きだそうとしたら、

「あっ！」

空《そら》を飛《と》ぶちいさなピクシーたちが、メイプルの手《て》の中《なか》にあるレポートを、ぱっとうばいさっていきました。

ピクシーたちは銀色《ぎんいろ》の光《ひかり》のつぶをまきちらしながら、いすの主《あるじ》の

ところへと飛《と》んでいきます。

「これが、レポートね」

そういうと、ピクシーたちからレポートを受《う》けとったいすの主《あるじ》は、だまって読《よ》みはじめました。

しんとしずまりかえった部屋《へや》には、ときどき、紙《かみ》をめくる音《おと》だけがしています。そのあいだに、メイプルはぐるりと首《くび》をまわして部《へ》屋《や》の中《なか》を見《み》まわしました。

クラシカルなもようが入《はい》ったかべ紙《がみ》に、大理石《だいりせき》でできたただんろ。細長《ほそなが》いまどには、それぞれワイン色《いろ》のビロードのカーテンがかけ

てあり、レースのカーテンごしに、黄金色《こがねいろ》の日《ひ》ざしがふりそそいでいます。

おごそかなふんい気《き》なのに、机《つくえ》の上《うえ》には、なぜか白《しろ》くてまるまる太《ふと》ったハムスターのようなぬいぐるみがおいてあります。メイプルはそれを見《み》て、思《おも》わずくすっとわらってしまいました。

「……なにか、おかしいことでもありましたか？」

ふいに声《こえ》をかけられて、メイプルはあわてて背《せ》すじをのばしました。

「もう！　メイプルったらどうしてわらったりしたんですの!?」

バッグの中《なか》のミニョンは小声《こごえ》でそういうと、ぶるぶるとふるえています。

「いえ。なんでもありません」

メイプルが答《こた》えると、

「……さて、あなたのレポートですが」

いすの主《あるじ》は、こほんと、ひとつせきをしました。

「なかなかよくかけています」

「ありがとうございます！」

メイプルがいきおいこんで頭《あたま》をさげると、

「ですが」

すかさずピリリとした声《こえ》が飛《と》んできました。

「水系《みずけい》の魔《ま》法生物《ほうせいぶつ》の数《かず》があっていませんね。どうしてですか？」

「それは、そのう……」

メイプルの声《こえ》がとたんにちいさ

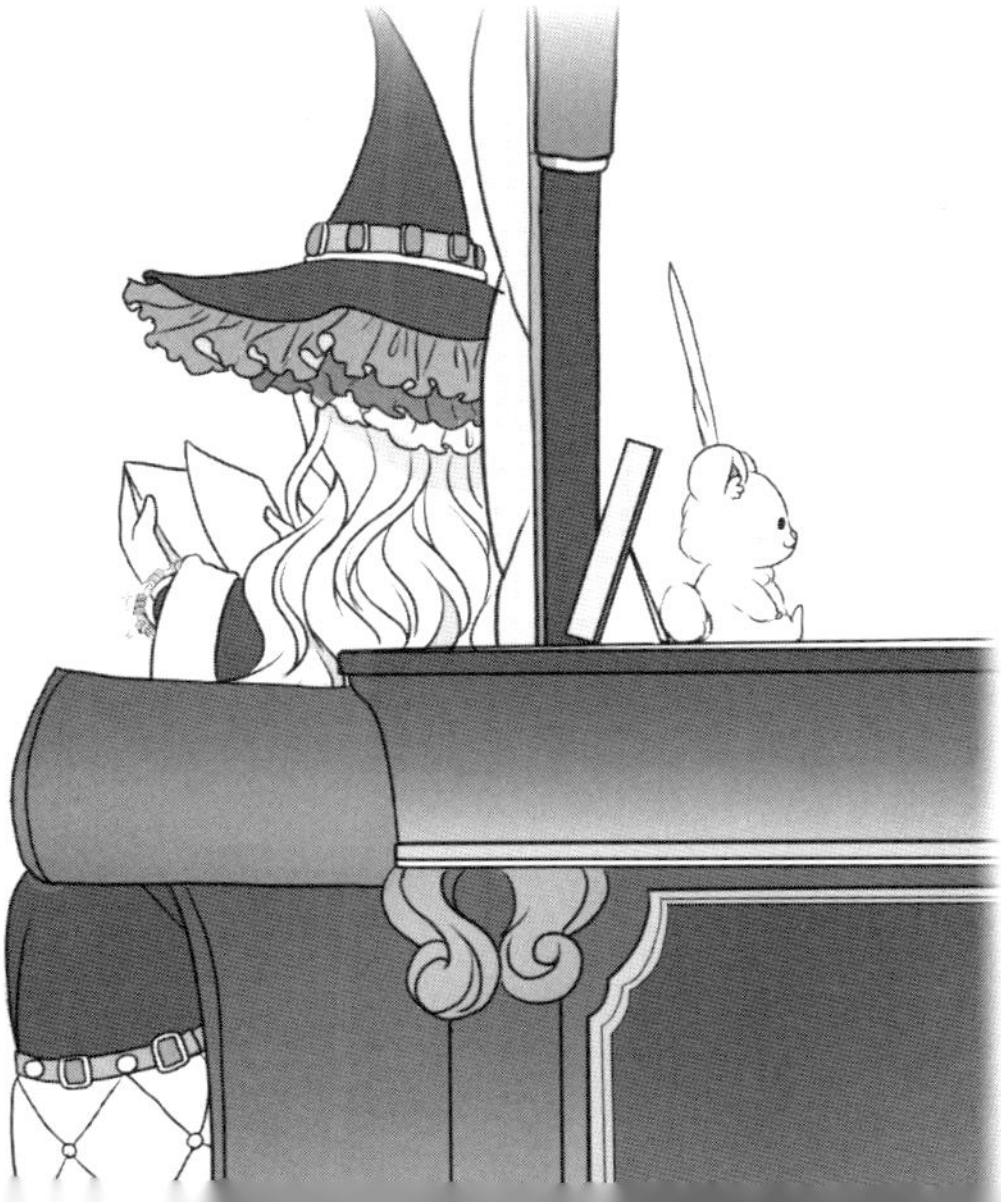

くなります。

「ケルピーを観察《かんさつ》するのに必要《ひつよう》なアイテムを、なくしちゃって……」

いすの主《あるじ》が、ふうっと大《おお》きく息《いき》をはきだす音《おと》がきこえました。

「それなら、すぐにさがしなさい。魔法《まほう》アイテムは魔法使《まほうつか》いにとって、とても大切《たいせつ》なものですよ」

ぴしゃりといわれて、メイプルはすっかりすくみあがりました。

「す、すみません……！」

「とにかく、のこりのレポートは三日以内《みっかいない》に提出《ていしゅつ》すること。あなたが人間界《にんげんかい》にいられる時間《じかん》は一年《ねん》だけです。時間《じかん》を大切《たいせつ》にしなさい。

……いいですね？」

「は、はい。わかりました。三日後《みっかご》には、かならず提出《ていしゅつ》します！」

メイプルがあわてて頭《あたま》をさげると、

「わかりました。もしもこまったことがあったら、いつでも相談《そうだん》にきなさい。……あなたに期待《きたい》していますよ」

いすがギイッと音《おと》を立《た》てます。どうやら、いすの主《あるじ》が立《た》ちあがったようです。

メイプルはおそるおそる顔《かお》をあげ、机《つくえ》のむこうを見《み》ましたが、そこにはだれもいませんでした。

2

コンパクトはどこ？

大使館《たいしかん》からもどった二日後《ふつかご》。

昼《ひる》さがりに、カエデがメイプルの家《いえ》にやってきました。

「メイプルちゃん、レポート、提出《ていしゅつ》できた？」

「うん。かけたところまではね。あ、外《そと》は暑《あつ》かったでしょ。シュワシュワのレモネードをつくるね。ちょっと待《ま》ってて～」

メイプルが鼻歌《はなうた》まじりにキッチンへ

むかいます。そのすきに、ミニョンがおとといの大使館《たいしかん》でのできごとを、カエデに身《み》ぶり手《て》ぶりで説明《せつめい》しました。

「メイプルったら、話《はなし》のとちゅうで、わらったんですのよ。ハラハラして、心《しん》ぞうがとまりそうでしたわ！」

「大使館《たいしかん》って、そんなにこわいところなの？」

「あたりまえですわ！　大使館《たいしかん》にいるのは、魔法界《まほうかい》のなかでも位《くらい》の高《たか》い優秀《ゆうしゅう》な魔法使《まほうつか》いだけですのよ！

大使館《たいしかん》によばれてわらうのはもちろん、アイテムをなくしたことまで正直《しょうじき》にいうなんて、おどろきましたわ！」

「ミニョンったら、おおげさだよ～」

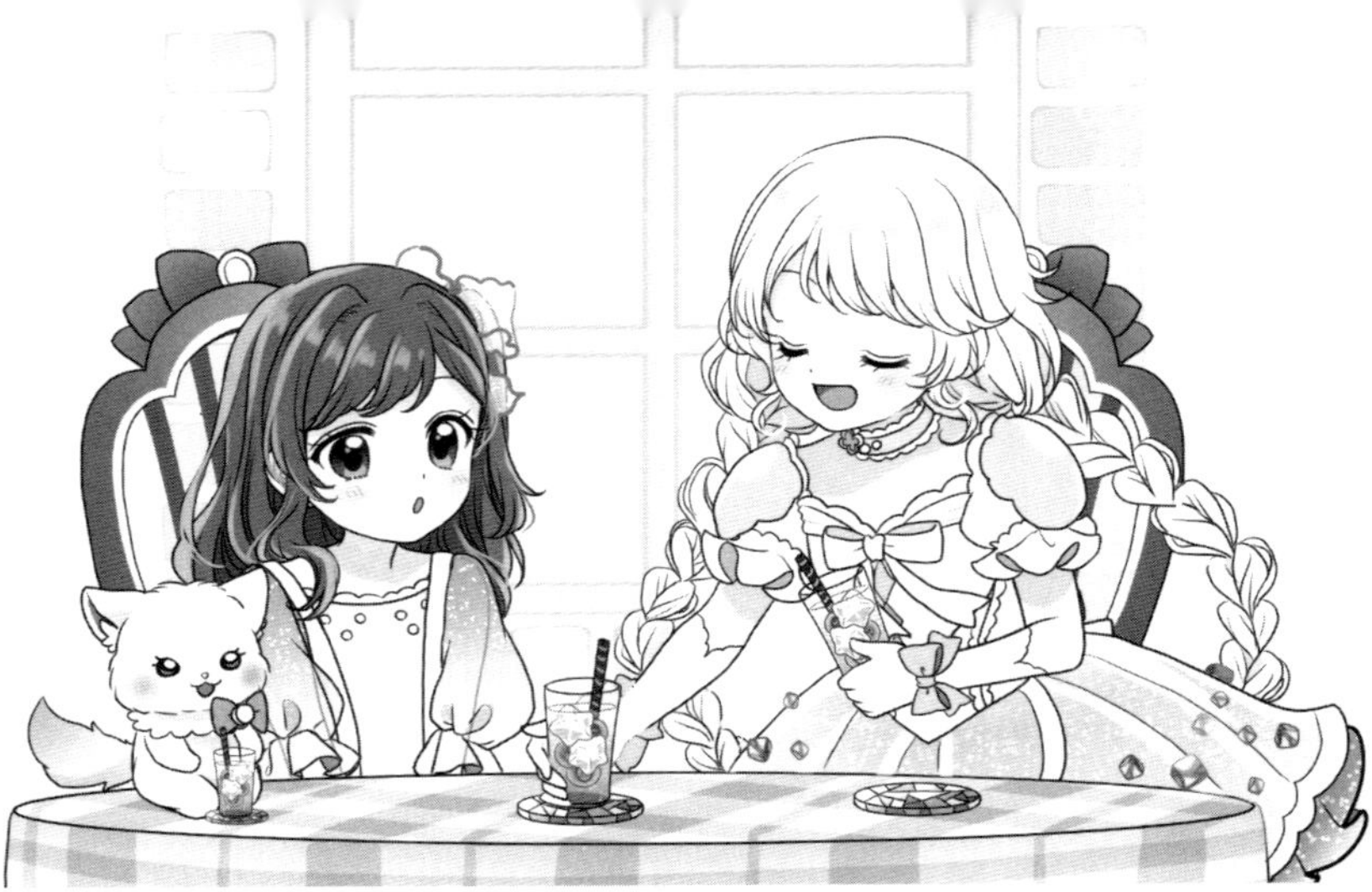

キッチンからでてきたメイプルが、「はい、どうぞ」と、テーブルの上《うえ》に氷《こおり》の入《はい》ったレモネードを三《みっ》つならべました。

「ちゃんと正直《しょうじき》にいったから、期日《きじつ》を三日後《みっかご》までのばしてもらえたんだし。大使館《たいしかん》の人《ひと》、思《おも》ったよりやさしかったよねえ」

メイプルが、ストローをまわしながら答《こた》えます。

「へえ〜、でも、おととい三日後《みっかご》っていわれたってことは、あしたには提出《ていしゅつ》しないといけないんだよね？」

カエデの質問《しつもん》に、メイプルが明《あか》るくうなずきました。

「そうなんだよ。でもさ、カエデが前《まえ》に教《おし》えてくれたでしょ。お祭《まつ》りの屋台《やたい》にコンパクトがあるって。だから、まあだいじょうぶかなあって」

のんきなメイプルの言葉《ことば》に、カエデがこまったようにまゆをさげました。

「うーん、そうなんだけど、お祭《まつ》りはいつでも同《おな》じ場所《ばしょ》でやってるわけじゃないんだよ」

「えっ、どういうこと？」

メイプルの顔色《かおいろ》が、サッとかわりました。

「お祭《まつ》りって、たいてい二日《ふつか》くらいでおわっちゃうの。そこにでている屋台《やたい》も、いつも同《おな》じものがでてるとはかぎらないから、あのコンパクトをおいていたスーパーボールの屋台《やたい》が、次《つぎ》にどこにでるのか、わからないんだよね」

「えーっ、そんなあ」

メイプルが、がっくり肩《かた》を落《お》とします。

「まあ、なんてこと！　屋台《やたい》の場所《ばしょ》がわからないだなんて、どうしましょう？　もう日《ひ》にちがありませんわ！」

ミニョンが落《お》ちつかないようすで、カエデとメイプルの足《あし》もとをうろうろと動《うご》きまわります。

「う～ん、どうやってさがせばいいかなあ……」

メイプルがレモネードをごくんと飲《の》んで、目《め》をつむります。しばらくして、ぱっと目《め》をあけたメイプルが、ぱちんと手《て》をたたきました。

「……そうだ。さえずり鳥《どり》を使《つか》ってさがせばいいんだ！」

「さえずり鳥《どり》って、前《まえ》にも使《つか》ったことのある魔法《まほう》アイテムの？」

カエデがたずねると、メイプルはうんとうなずいて、バッグを肩《かた》にかけ、外《そと》へ飛《と》びだしました。

そのあとに、あわてて立《た》ちあがったカエデもつづきます。

『さえずり鳥《どり》』というのは、魔法界《まほうかい》でよく使《つか》われている魔法《まほう》のアイテムです。見《み》た目《め》はちいさくおりたたまれた紙《かみ》なのですが、知《し》りたい情報《じょうほう》をいいながら、空《そら》にむかって放《はな》すと鳥《とり》に変化《へんか》して、ほしい情報《じょうほう》を集《あつ》めてくれるのです。ただし、かんたんなことや今《いま》すぐわかることしか教《おし》えてくれません。

メイプルは、バッグから取《と》りだした両手《りょうて》いっぱいのさえずり鳥《どり》のたばを、入道雲《にゅうどうぐも》のうかぶ空《そら》にむかって放《はな》ちました。

「さえずり鳥《どり》さんたち、セイレーンのコンパクトを持《も》つ屋台《やたい》が今《いま》どこにあるのか、情報《じょうほう》を集《あつ》めてきて！」

チチッ
さえずり鳥《どり》たちは「まかせて！」と返事《へんじ》をしたかのようにちいさく鳴《な》くと、真《ま》っ青《さお》な空《そら》を四方八方《しほうはっぽう》へ飛《と》びたっていきました。

「さあ、これでだいじょうぶ。は〜、外《そと》は暑《あつ》いね」

メイプルは手《て》をパンパンとたたいて、ふたりはまた家《いえ》の中《なか》へともどりました。

「レポートをだせないのもこまるけど、ケルンが心配《しんぱい》な

んだよね。ごはんはへっているから、きちんと食《た》べているようだし、みずうみの水《みず》もきれいにするよう気《き》をつけているんだけど……」

メイプルが、飼育《しいく》ファームを前《まえ》にして、ため息《いき》をつきます。

「ねえねえ、ケルピーって、どんな魔法生物《まほうせいぶつ》なの？」

カエデがたずねると、メイプルはとたんに目《め》をかがやかせました。

「水辺《みずべ》にすんでいて、あらしをよぶ力《ちから》も持《も》ってるんだよ。わたしはまだ見《み》たことがないけど、人間《にんげん》に変身《へんしん》することもあるらしいんだ。ケルンは、ケルピーのなかでも人見知《ひとみし》りで、こわがりなんだけど、やさしく声《こえ》をかけてあげれば、ちゃあんとこたえてくれるんだよ」

「へえ～、そうなんだ」

カエデも目《め》を細《ほそ》めて飼育《しいく》ファームを見《み》つめます。

と、そのときです。

チチッ

あけはなたれたまどから、さえずり鳥《どり》が数羽《すうわ》、きそうようにしてもどってきました。

「あれ、もうもどってきた!?　はや～い！」

さえずり鳥《どり》たちはメイプルの頭上《ずじょう》をくるりと一周《しゅう》まわると、手《て》の上《うえ》にひらひらとまいおりてきました。

「えーっと、なになに？　『すみれ台大広場《だいおおひろば》』って書《か》いてある。それって、どこのことなんだろ？」

メイプルが読《よ》みあげると、カエデがいすから立《た》ちあがりました。

「それ、となり町《まち》のことだよ。……あ、もしかして、これからそこでお祭《まつ》りがあるのかも！」

カエデの言葉《ことば》に、メイプルが身《み》をのりだしました。

「そうなの？」

「パパとママが、きょうはイベントがあるっていってたの」

「じゃあ、そこにいけば、セイレーンのコンパクトがあるんだね」

メイプルが目《め》をかがやかせます。

「うん！　わたし、きょうはおるす番《ばん》の予定《よてい》だったけど、いっしょにつれていってって、お願《ねが》いするよ」

「だったら、わたしも！」

メイプルの言葉《ことば》に、カエデはおどろいてたずねました。

「メイプルちゃん、お祭《まつ》りにいけるの？」

「そうですわよ、メイプル。いくら魔法生物《まほうせいぶつ》のレポートをだすためとはいえ、大使館《たいしかん》に許可《きょか》をもらうことなく、人間《にんげん》の前《まえ》ですがたをあらわすなんて……！」

ミニョンがお説教《せっきょう》をはじめようとしましたが、メイプルはバッグの中《なか》から、ごそごそとなにかを取《と》りだして見《み》せました。

「じゃーん。ほら、これがあれば平気《へいき》でしょ？」

メイプルが取《と》りだしたのは、ちいさなガラスの小《こ》びんでした。

「これはふりかけると透明《とうめい》になる魔法《まほう》の香水《こうすい》だよ。かおりが消《き》えるまで透明《とうめい》でいられるから、人《ひと》がおおぜいいる場所《ばしょ》にいっても、わたしのすがたをだれにも見《み》られずにすむってわけ」

「えーっ、魔法《まほう》の香水《こうすい》？　すごい！」

カエデは、両手《りょうて》をあわせてうっとりとメイプルの手《て》の中《なか》にある香《こう》水《すい》の小《こ》びんを見《み》つめます。

「メイプルったら、そんな香水《こうすい》、どこで見《み》つけたんですの？」

ミニョンが、くんくんとにおいをかいでいます。

「この家《いえ》の戸《と》だなに入《はい》ってたんだよ。ここにあるものはなんでも使《つか》っていいっていわれてるし」

「まあ、たしかにそうですけど」

ミニョンが不安《ふあん》そうにいいました。

「じゃあわたし、家《いえ》に帰《かえ》って、パパたちにいっしょにいきたいって
おねがいしてくるね」

カエデがいすから立《た》ちあがります。

「そしたらわたしは、カエデたちが家《いえ》をでたあと、すがたを消《け》して
ほうきで追《お》いかけるから」

カエデはうれしそうにうなずいて、

「またあとでね！」

手《て》をふりながら帰《かえ》っていきます。

メイプルがのこりのレモネードを飲《の》もうとしたら、

「その香水《こうすい》、ずいぶんむかしのものでしょう？　ほんとうにだいじょうぶですの？」

ミニョンが心配《しんぱい》そうに見《み》あげながらたずねます。

「平気《へいき》、平気《へいき》～」

メイプルはそういいながら、レモネードを全部《ぜんぶ》飲《の》みほしました。

3

すがたを消《け》して
お祭《まつ》りへ!!

「そろそろかしら」

メイプルの肩《かた》の上《うえ》で、ちいさな双眼鏡《そうがんきょう》をのぞいていたミニョンが、こそっといいました。

「メイプル、カエデの家《いえ》から車《くるま》がでましたわ!」

屋根《やね》から見《み》おろすと、ミニョンのいうとおり、カエデの家《いえ》の前《まえ》にとまっていた黄色《きいろ》いキッチンカーが、大通《おおどお》りにむかって進《すす》んでいくのが見《み》えます。

「りょうか〜い！　じゃあ、その前《まえ》に……」

メイプルはそういうと、香水《こうすい》びんを取《と》りだして、全身《ぜんしん》にふりかけました。わすれないように、ほうきにも。

とたんに、メイプルとミニョンはごほごほとせきこみはじめました。

「な、なんですの、このかおり……、ほんとうにだいじょうぶですの？」

「だいじょうぶだよ、……たぶん」

メイプルは小声《こごえ》でいうと、ほうきにまたがりました。

「ほら、それよりカエデたちがいっちゃうよ。さあ、しゅっぱーつ！」

空《そら》にまいあがり、黄色《きいろ》いキッチンカーを追《お》いかけます。

メイプルは、夕《ゆう》やみがかったハチミツ色《いろ》の空《そら》を進《すす》んでいきました。まだまだ暑《あつ》いですが、昼間《ひるま》の空気《くうき》とはすこしちがいます。

カエデが乗《の》ったキッチンカーは、にぎやかな駅前通《えきまえどお》りをすぎ、さまざまな車《くるま》がいきかう高速道路《こうそくどうろ》を走《はし》っていきます。

しばらくして、住宅街《じゅうたくがい》をすぎたあたりに、ひときわにぎやかな広場《ひろば》があらわれました。パンダの形《かたち》のふわふわドームがあり、おくには大《おお》きなステージがあります。

広場《ひろば》をぐるっとかこむように、たくさんの屋台《やたい》がつらなっています。

「いろんな屋台《やたい》があるんだねえ。ほら、ステージでダンスしてる！　お祭《まつ》りって、めちゃくちゃ楽《たの》しそう～」

メイプルは、空《そら》の上《うえ》から、興味《きょうみ》しんしん、身《み》をのりだしています。

「メイプルったら、遊《あそ》びにきたわけじゃありませんのよ！　でも……たしかに楽《たの》しそうですわね」

そういうミニョンも、メイプルに負《ま》けないくらい身《み》をのりだして見《み》ています。

「えーっと、カエデはどこかな……」

そういいながら、メイプルは手《て》でひさしをつくってカエデをさがします。

そこへ、黄《き》色《いろ》いキッチンカーがやってきました。

中《なか》からでてきたのは、カエデのパパとママでしょうか。

おそろいのエプロンをつけています。

ふたりはキッチンカーのまわりに、かんばんやテーブル、いすなどをてきぱきとならべはじめました。

しばらくして、カエデもでてきました。

「カエデ〜！」

メイプルは手《て》をふりながら、地面《じめん》におりたちました。カエデがぎょっとして、メイプルのすがたを上《うえ》から下《した》まで見《み》つめます。

「メイプルちゃん、こんなに人《ひと》が多《おお》いところにきて、ほんとうにだいじょうぶなの……？」

「平気《へいき》、平気《へいき》。ちゃーんと香水《こうすい》をふりかけてきたから、ほかの人《ひと》には見《み》えてないもん。カエデは魔法《まほう》のカギを持《も》ってるから、わたしのすがたが見《み》えるけどね」

そういいながら、メイプルがほうきにふっと息《いき》をふきかけました。

ちいさくなったほうきを背中《せなか》にかつぎます。

「あ、そっか。だから、体《からだ》がすきとおってるんだね」

カエデがにっこりほほえむと、

「カエデ、だれとしゃべってるんだい？」

うしろから声《こえ》がしました。

背《せ》が高《たか》くて、目《め》もとがちょっぴりカエデににた男《おとこ》の人《ひと》です。

（へえ〜、カエデのパパってこんな人《ひと》なんだ）

メイプルは、そばに近《ちか》よって、まじまじと見《み》つめました。

「えへへ、なんでもないよ。
あ、ねえ、パパ。ちょっとお祭《まつ》り、見《み》にいってもいい？」
カエデが手《て》をあわせておねがいすると、カエデのパパはふっとほほえみました。

「いいよ。けど、すごい人《ひと》だから、いつものようにこのキッチンカーが見《み》えるはんいでね」

そういうと、カエデのパパはおもむろにポケットに手《て》をつっこみました。

「はい。いつも家《いえ》の用事《ようじ》をがんばってくれてるお礼《れい》だよ。屋台《やたい》がたくさんでてるから、これですきなものでも買《か》いなさい」

そういって、カエデの手《て》のひらに数《すう》まいの硬貨《こうか》をのせました。

「あ、ママにはないしょだぞ。このあいだもあげたところでしょって、パパがおこられちゃうからな」

カエデのパパは、シーッと人《ひと》さし指《ゆび》を口《くち》にあててました。

「うん、わかった。ありがとう、パパ！」

カエデが、うれしそうにほほえみます。

カエデのパパはにっこりわらうと、キッチンカーの中《なか》へと入《はい》っていきました。

「カエデのパパは、やさしいんですのねえ」

ミニョンが感心《かんしん》したようにうなずきます。

「ほんとうだねえ」

メイプルはふっと魔法界《まほうかい》にいるタウソのことを思《おも》い出《だ》しました。

タウソは、メイプルのおじです。魔法生物《まほうせいぶつ》を研究《けんきゅう》するラボではたらいていて、魔法生物《まほうせいぶつ》マイスターをしています。

顔《かお》はぜんぜんにていないのに、どこかカエデのパパとにているような気《き》がしたのです。

(タウソ、どうしてるかなあ……)

タウソの顔《かお》を思《おも》いうかべると、ちょっとだけむねがキュッとしました。

「メイプルちゃん、どうかしたの?」

ふいにカエデに肩《かた》をたたかれて、メイプルはあわてて首《くび》をぷるぷるとふりました。

「どうもしないよ? どうして?」

「なんか今《いま》、さみしそうな顔《かお》に見《み》えたから」

カエデにいわれて、メイプルはあわてて笑顔《えがお》をつくりました。

「そんなこと、ないよ。ねえ、それより、早《はや》くセイレーンのコンパクトがあるっていう屋台《やたい》、さがしにいこうよ。この香水《こうすい》、かおりがなくなると効果《こうか》が消《き》えちゃうんだ」

「あっ、そうだった。いそごう！」

カエデとメイプルは、屋台《やたい》をさがしに歩《ある》きだしました。

わたあめ、クレープ、焼《や》きトウモロコシに、リンゴあめ。

おいしそうな食《た》べものの屋台《やたい》だけでなく、キャラクターや動物《どうぶつ》のお面《めん》がならぶお面《めん》やさんや、コルクで的《まと》をうつ射的《しゃてき》、カエデが前《まえ》に持《も》ってきてくれたヨーヨーつりの屋台《やたい》もあります。

ちいさなあかちゃんからお年《とし》よりまで。

たくさんの人《ひと》たちが、屋台《やたい》をのぞいたり、ゲームで遊《あそ》んだりして、思《おも》い思《おも》いに楽《たの》しんでいます。

「すごいねえ、人間《にんげん》のお祭《まつ》りって。いろんなお店《みせ》があるんだね」

メイプルが感心《かんしん》しながらいうと、

「魔法界《まほうかい》には、お店《みせ》がいっぱいならんでいる場所《ばしょ》はないの？」

カエデがたずねます。

「もちろん、ありますわよ！　ねえ、メイプル？」

ミニョンが、いばっていいかえします。

「うーん。わたしはいったことがないけど、『マジカルストリート』って場所《ばしょ》ならあるよ。魔法《まほう》アイテムがいっぱい売《う》ってるんだって、クラスの子《こ》たちが話《はな》してるの、きいたことある」

「へえ～、楽《たの》しそう。でもなんで、メイプルちゃんはいったことがないの？」

カエデにたずねられて、

「う～ん、いっしょにいく友《とも》だちが、いないからかな……」

メイプルはうつむいていいました。

「わたし、魔法生物《まほうせいぶつ》のことばっかり考《かんが》えてるでしょ。だから、まわりの子《こ》たちとうまく話《はなし》ができないんだよねえ」

カエデが、きょとんとしてたずねました。

「え、でもメイプルちゃん、わたしとはふつうに話《はなし》、してるじゃない」

「それはそうだけど……。わたし、みんなとちょっとちがうから。

だって、友《とも》だちって、すきなものとか考《かんが》え方《かた》が同《おな》じじゃないとだめなんでしょ？」

メイプルの言葉《ことば》をきいて、カエデはますますわからないという顔《かお》になりました。

「そうなのかな？　わたしとメイプルちゃん、すきなものやとくいなことがぜんぜんちがうのに、友《とも》だちになれてるよ」

カエデの言葉《ことば》に、メイプルは足《あし》を止《と》めました。

（ほんとうだ……。わたしとカエデは、ぜんぜんちがうのに、すっかり友《とも》だちだ）

そう思《おも》ったら、おなかのそこがこそばゆくて、口《くち》がゆるみます。

横《よこ》を歩《ある》いていたカエデが、足《あし》を止《と》めてふりかえります。

「どうしたの？　メイプルちゃん」

「……ううん、なんでもない！」

「それなら、ほら、いこう」

カエデが、さっと手《て》をさしだします。
「うん！」
メイプルは、その手《て》をぎゅっと
にぎって歩《ある》きだしました。

お祭《まつ》り会場《かいじょう》は広《ひろ》くて、スーパーボールすくいの屋台《やたい》もいくつかでているようです。

テントを見《み》つけるたびにかけよりますが、このあいだ、カエデが見《み》た屋台《やたい》とはちがうお店《みせ》ばかりです。

「う〜ん。おかしいなあ」

「あれ、でも、あそこ……！」

お祭《まつ》り会場《かいじょう》のはしに『スーパーボールすくい』の文字《もじ》を見《み》つけました。ふたりはいそいでかけよります。たっぷりの水《みず》が入《はい》ったプールの横《よこ》には、景品《けいひん》のおもちゃや小《こ》ものが、たくさんおいてあります。

「あ、あった！　これ、わたしのだ」

メイプルがコンパクトに手《て》をのばそうとしました。

「勝手《かって》に取《と》っちゃやだめだよ」

カエデが注《ちゅう》意《い》したら、おじさんがじろりとカエデをにらみます。

「なんだい、おじょうちゃん、なにかいったかい？」

「え？　……わたし？」

カエデが、びっくりして自分《じぶん》を指《ゆび》さします。

おじさんには、メイプルのすがたが見《み》えていないのです。

「ええっと、このコンパクトがほしいんですけど、スーパーボールをいくつ取《と》ったらもらえますか？」

カエデがたずねると、おじさんはコンパクトを手《て》に取《と》って、じろじろ見《み》ました。

「うん？　こんなの、あったかな。まあいいや。そうだな、これだと十個《こ》かな」

「え！」

「十個《こ》？」

カエデとメイプルは、顔《かお》を見《み》あわせました。

「カエデ、取《と》れそう？」

「え〜、むりだよ。やったことないもん」

ふたりでこそこそ相談《そうだん》します。

「なんだい、おじょうちゃん。ひとりでぶつぶついって。やるのかい、やらないのかい?」

おじさんにいわれて、カエデはあわてて、「やります!」と手《て》をあげました。おじさんにお金《かね》をわたすと、紙《かみ》をはった丸《まる》い手《て》かがみのようなものをわたされました。

「それ、なあに?」

となりによりそうメイプルが、小声《こごえ》でたずねます。

「ポイっていうの。これでボールをすくうんだけど、紙《かみ》でできてるから水《みず》につけすぎたら紙《かみ》がやぶれちゃうんだよ……。やぶれたら、そこでおしまいなの。けど、メイプルちゃんはすがたを見《み》せられないし、わたしがやらないとだめだよね。よーし、がんばるよ！」

カエデはそういうと、気合《きあ》いを入《い》れるためか、むねの前《まえ》でぐっと手《て》をにぎりしめました。

「カエデ、がんばれ！」

「がんばるのですわ！」

メイプルとミニョンも興味《きょうみ》しんしん、スーパーボールすくいをするカエデを見《み》つめます。カエデはそっと水《みず》の中《なか》にポイをしずめ、蛍光《けいこう》ピンクのスーパーボールにねらいを定《さだ》めました。

そして、ポイを水《みず》にしずめると、一気《いっき》にすくいあげました。

まずはひとつ、ゲットです。

「やったあ！　その調子《ちょうし》、カエデ！」

メイプルがはくしゅをします。

「ん？　今《いま》、だれかなんかいったか？」

おじさんが、ふしぎそうにあたりをきょろきょろ見《み》まわします。

「メイプル、おしずかに！　香水《こうすい》で声《こえ》は消《け》せませんのよ」

ミニョンがあわててメイプルの口《くち》をふさぎます。

メイプルはおとなしく口《くち》をとじて、水面《すいめん》にうかぶスーパーボールを見《み》つめました。そのあとも、カエデはがんばったのですが……。次《つぎ》に、グリーンにイエローのしまもようが入《はい》ったボールをすくおうとしたら、あっけなくやぶれてしまいました。

「も、もう一回《かい》！」

カエデはそのあと二回《かい》ちょうせんしてみましたが、結局《けっきょく》取《と》れたのはふたつだけでした。

「ごめん、メイプルちゃん。持《も》ってるお金《かね》、これで最後《さいご》なの。どうしよう？」

最後《さいご》のひとつのポイを手《て》に、カエデが今《いま》にも泣《な》きそうな顔《かお》でいいました。

「どうしますの、メイプル！」

ミニョンが、あわてたようにメイプルの肩《かた》で飛《と》びはねます。

「それなら、わたしがやってみてもいい？」

メイプルの言葉《ことば》に、カエデがびっくりして目《め》を見《み》ひらきます。

「いいけど、どうやって？　まさか、魔法《まほう》を使《つか》うの？」

カエデの質問《しつもん》に、メイプルが首《くび》を横《よこ》にふります。

「ううん。できるかどうかはわからないけど、わたしがそのポイですくうから、カエデは手《て》をそえていて」

そういうなり、メイプルはカエデの背中《せなか》がわにまわりました。

「さあ、いくよ」

メイプルはそういうと、しずかにポイを水《みず》の中《なか》にしずめました。

ふだん、水《みず》の魔《ま》法《ほう》生《せい》物《ぶつ》のお世《せ》話《わ》をするときに、メイプルは魔《ま》法《ほう》生《せい》物《ぶつ》たちがいやな気《き》持《も》ちにならないよう、水《みず》の流《なが》れを読《よ》むようにしています。

（水《みず》の流《なが》れにそって進《すす》めれば、紙《かみ》をやぶかずにすむはず……）

ポイで水《みず》を切《き》るようにして、ひとつめのボールをさっとすくいあげました。

「やったあ、すごい、メイプルちゃん！」

（よし、これならできる！）

そこから、ふたつめ、みっつめ……。

そしていよいよのこるはあとひとつです。

ふたりは「せえの」とちいさく声《こえ》をかけあって、十個《こ》目《め》のスーパーボールをすくいあげました。

「やったあ！」

ふたりで手《て》を取《と》りあって、ぴょんぴょんとびはねます。

「いやあ、おじょうちゃん、すごいなあ。ひとりで十個《こ》もすくうなんて新記録《しんきろく》だ。さあ、どれでもすきなものを持《も》っていきな」

おじさんにいわれて、カエデはまようことなくコンパクトを手《て》に取《と》りました。

「これにします！」

「ついでに、すきなスーパーボールも持《も》っていきな」

「ありがとうございます！」

カエデはそういうと、ピンクとブルーのスーパーボールをひとつずつ取《と》りました。

「このふたつ、もらっていいですか？」

「うん？」

おじさんはうなずきかけて、目《め》をこすりました。

「あれ、そっちのおじょうちゃん、いつのまにそこにいたんだい？　ずいぶんかわった服《ふく》を着《き》てるんだねえ。それは今《いま》の、はやりかい？」

おじさんの言葉《ことば》に、カエデとメイプルは顔《かお》を見《み》あわせました。

「え！　メイプルちゃん!!」

「魔法《まほう》が消《き》えてる!?」

4
夜《よ》空《ぞら》にきらめく打《う》ちあげ花《はな》火《び》

「どこか人《ひと》がいないところまでいって、こっそりほうきで家《いえ》にもどるのですわ！」

ミニョンにせかされて、メイプルとカエデはあわてて大《おお》きなホールのうら手《て》にまわりました。

そこは、木《き》がしげっていて、まわりに人《ひと》がいません。

「メイプル！　いそいで家《いえ》へもどらないとダメですわ！　人間《にんげん》たちの前《まえ》にす

がたをあらわしたことが大使館《たいしかん》にバレたら……、ああ！」

ミニョンが、今《いま》にもたおれそうな顔《かお》で目《め》を白黒《しろくろ》させます。

「わ、わかってるよ」

さすがのメイプルも、顔《かお》が真《ま》っ青《さお》です。

「ごめんね、カエデ。だれかに見《み》られる前《まえ》に、わたし、先《さき》に帰《かえ》るよ！」

「うん！　気《き》をつけて！」

カエデに見《み》おくられ、メイプルは地面《じめん》をけって、空《そら》へとまいあがりました。

空《そら》はすっかり夜《よる》になっていました。

町《まち》は、宝石《ほうせき》がしずんだ海《うみ》のように、きらきらとかがやいています。

すこししめったなまあたたかい風《かぜ》が、メイプルの髪《かみ》をなびかせます。

「ねえ、ミニョン、見《み》てよ。人間界《にんげんかい》の夜《よる》って明《あか》るいんだね」

すると、ミニョンがメイプルのバッグから顔《かお》をだして、ため息《いき》をついています。

「メイプルはのんきでいいですわね。ああ、なんてこと。やっぱりあの香水《こうすい》、古《ふる》くてかおりがつづかなかったのですわ」

ミニョンが頭《あたま》をかかえています。

「だいじょうぶだよ。みんな、お祭《まつ》りに気《き》をとられていて、わたしたちのことなんて気《き》にしてないって」

「メイプルったら、どうしてそんなにのんきでいられますのー!?」

メイプルは、もう一度《いちど》地上《じょう》を見《み》おろしました。お祭《まつ》り会場《かいじょう》が遠《とお》ざかっていき、道路《どうろ》がまるで光《ひかり》の川《かわ》のようです。

こんな景色《けしき》、魔法界《まほうかい》では見《み》たことがありません。

「人間《にんげん》の世界《せかい》っておもしろいなあ」

メイプルは夜《よる》の景色《けしき》を目《め》のおくに焼《や》きつけるように、じっと見《み》つめました。

ふたりは、ようやく家《いえ》に帰《かえ》りつきました。

ソファにどっとたおれこみます。

「さあこれでケルンの観察《かんさつ》ができますわね」

ミニョンの言葉《ことば》に、メイプルはうなずきかけて、「あ」と声《こえ》をあげました。

「どうしたんですの？」

「コンパクト、カエデにわたしたままだった」

メイプルが、テヘッとしたをだします。

「『テヘッ』じゃありませんわ～！」

ミニョンが、キーッとおこります。

「大使館《たいしかん》への提出《ていしゅつ》はあしたまでですのよ？　間《ま》にあうかしら……」

「うーん、でも、今《いま》からカエデのところにもどれないし……、あ、そうだ！」

メイプルはそういうと、もともと持《も》っていた自分《じぶん》のコンパクトをパカッとあけました。

「おーい、カエデ～」

ひらいたコンパクトにむかって声《こえ》をかけます。

すると、くもっていたかがみがだんだんと晴《は》れていきます。そこに、カエデの顔《かお》がうつりました。

「え、メイプルちゃん？　あ、そうか。このコンパクトがあれば話《はなし》ができるんだ……！」

まだお祭《まつ》り会場《かいじょう》にいるのでしょうか。うしろでざわざわとした声《こえ》がしています。

「ごめんね、メイプルちゃんが帰《かえ》ったあとにコンパクトをわたすのをわすれてたこと思《おも》い出《だ》したの。レポート、あした提出《ていしゅつ》なのにだいじょうぶ？」

カエデが、申《もう》しわけなさそうにたずねます。

「平気《へいき》、平気《へいき》。わたしもあわてて、わすれてたんだから」

「あしたの朝《あさ》、かならずとどけにいくね」

そういったところで、ふいに画面《がめん》が暗《くら》くなりました。

「あれっ、あかりが消《き》えたよ。どうかしたの？」

「あ、もうすぐ花火《はなび》があがるんだよ」

「ハナビ？　なにそれ」

そういったところで、ドオンという音《おと》がきこえました。

「今《いま》の音《おと》、なに？」

「見《み》えるかな……」

そういうと、カエデがコンパクトを動《うご》かしました。

画面《がめん》のはるかむこうのほうで、ちいさな光《ひかり》の花《はな》のようなものがさいたように見《み》えました。

「見《み》えた？　今《いま》のが花火《はなび》だよ。外《そと》にでて、空《そら》を見《み》あげてみて！　そこからでも、見《み》えるかも」

カエデの言葉《ことば》に、メイプルはすぐに外《そと》へ飛《と》びだしました。

背中《せなか》のほうきにふっと息《いき》をふきかけてまたがると、地面《じめん》をターンとけりあげます。

ふわっとまいあがったメイプルは、手《て》でひさしをつくって見《み》まわしました。すると、東《ひがし》の空《そら》に、たしかにきれいな光《ひかり》の花《はな》が広《ひろ》がるのが見《み》えました。

しばらくして、ドオンとおなかにひびく音《おと》がつづきます。

「カエデ、花火《はなび》、見《み》えたよ！　とってもきれい……」

メイプルが、コンパクトにむかって、うっとりつたえます。

「花火《はなび》って、すてきだね。わたし、きょうのこと、おとなになっても、きっとおぼえてると思《おも》う」

メイプルの言葉《ことば》に、カエデがコンパクトの中《なか》でにっこりわらいました。

「わたしも！　……メイプルちゃんといっしょに花火《はなび》を見《み》られてうれしい！　夏休《なつやす》みのいい思《おも》い出《で》ができたよ」

ふたりはいつまでも、いっしょに花火《はなび》を見《み》あげていました。

5

はじめてのおそろい☆

翌日《よくじつ》、朝《あさ》からさっそくカエデがメイプルの家《いえ》にやってきました。

手《て》には、もちろんセイレーンのコンパクトを大事《だいじ》ににぎりしめています。

「はい、おまたせ。これでレポート、かけるね」

「うん！」

カエデからコンパクトを受《う》けとったメイプルは、そうだと顔《かお》をあげました。

「カエデもケルンに会《あ》いたいでしょ。

いっしょにファーム、いく?」

「わあ、いくいく!」

カエデが、ぱあっと顔《かお》をかがやかせます。

ふたりはカギを取《と》りだして、ファームへむかいました。


みずうみのほとりに立《た》つと、メイプルはさっそくコンパクトを取《と》りだしました。

「よーく見《み》ててね」

メイプルはほうきに乗《の》ってみずうみの真《ま》ん中《なか》あたりまで進《すす》むと、ぽちゃんとコンパクトを落《お》としました。

そしてすぐにもどってくると、もうひとつのコンパクトをひらきます。

かがみは前《まえ》と同《おな》じようにくもっていましたが、すこしずつはれて、きれいにうつるようになりました。ゆらゆらとゆれる水《みず》の中《なか》、遠《とお》くになにか黒《くろ》いかげのようなものが見《み》えます。

「ケルン！」

メイプルが声《こえ》をかけると、遠《とお》くからなにかが近《ちか》づいてきました。目《め》のさめるようなブルーのたてがみと、白《しろ》く大《おお》きな耳《みみ》。からだには宝石《ほうせき》のようにかがやくうろこがならんでいます。黒《くろ》くまばゆいひとみで、じっとこちらを見《み》かえしています。

「この子《こ》がケルン……。なんてきれいなの」

カエデが、ため息《いき》まじりにつぶやきます。

「ケルン、この子《こ》はわたしの友《とも》だちのカエデだよ。ケルンのこと、きれいだって。うれしいね！」

メイプルが声《こえ》をかけると、ケルンは声《こえ》の主《ぬし》をかくにんするように顔《かお》を近《ちか》づけてきました。
そして、うなずくようなしぐさをすると、とつぜんその場《ば》でくるりと一回転《かいてん》をしました。

みずうみの水《みず》がしゅわしゅわとあわだち、まるで、ちいさなしんじゅのつぶをまとっているようです。

「うろこは、はがれてないし色《いろ》もいい。目《め》もにごってないね。栄養《えいよう》状態《じょうたい》はばっちり！ ケルン、口《くち》をあーんとあけてごらん」

ケルンが、メイプルにいわれたとおり、口《くち》を大《おお》きくあけるすがたがかがみにうつります。

「メイプルちゃんだってわかってるんだね。すなおにいうこと、きいてる」

カエデの言葉《ことば》に、

「あたりまえですわ！ メイプルは魔法生物《まほうせいぶつ》に心《こころ》をひらかせる天才《てんさい》

ですもの」

なぜかミニョンがいばっています。

メイプルはてきぱきとケルンの観察《かんさつ》を進《すす》めると、あっというまにレポートをしあげてしまいました。

「よーし、できた！　これで完成《かんせい》だ！」

メイプルはコンパクトにむかって声《こえ》をかけました。

「ケルン。悪《わる》いけどそのコンパクト、持《も》ってきて」

しばらくすると、みずうみの水面《すいめん》に、わが広《ひろ》がり、その中心《ちゅうしん》からケルンがひょこっと顔《かお》だけだしました。

「わっ、うわさのケルンだ。思《おも》ったよりちいさいんだね」

おどろかさないようにカエデが小《こ》声《ごえ》でいうと、ケルンはしっぽに乗《の》せたコンパクトを、ポーンとはねあげました。

「ありがとう、ケルン」

受《う》けとったメイプルの声《こえ》に、

キュイン

ちいさく返事《へんじ》をして、ケルンはまたすぐに、ぽちゃんとみずうみの中《なか》へしずんでいきました。

みんなでファームから、メイプルの家《いえ》にもどると、

「さあ、メイプル。きょうがしめきりですわよ。すぐに大使館《たいしかん》にいかないと」

ミニョンが足《あし》もとでせかすように、トントンとあしぶみをします。

「じゃあ、わたしは帰《かえ》るね」

家《いえ》に帰《かえ》ろうとするカエデを、

「待《ま》って待《ま》って」

と、メイプルがよびとめました。

「はい、カエデ。これ持《も》ってて」

そういうと、メイプルがカエデの手《て》のひらにセイレーンのコンパ

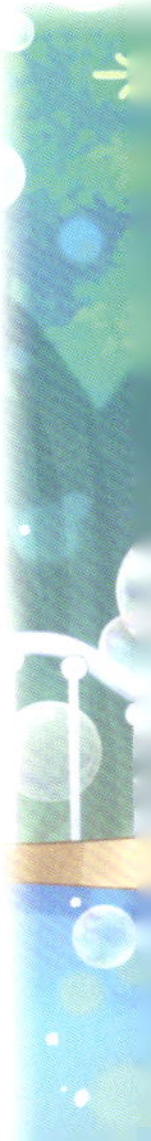

クトをのせました。

「え、これ、大事《だいじ》な魔法《まほう》アイテムでしょ？　わたしが持《も》っていていいの？」

カエデが、びっくりしたようにたずねます。

「うん。だってカエデがこれを持《も》っていたら、会《あ》えないときでも話《はなし》ができるでしょ。ケルンの観察《かんさつ》のとき以外《いがい》は、カエデが持《も》ってて」

「えーっ、うれしい！」

カエデが、コンパクトをぎゅっとむねにあてます。

「いつでも話《はなし》ができるのもうれしいけど、メイプルちゃんが持《も》ってるものと同《おな》じものを持《も》てるのがうれしい！

だって、はじめての『おそろい』なんだもん」

カエデの言葉《ことば》に、メイプルは手《て》の中《なか》のコンパクトを見《み》つめました。

（『おそろい』かあ……）

魔法学校《まほうがっこう》でクラスの子《こ》たちが、羽根《はね》ペンや、ほうきにむすぶリボンをおそろいで持《も》っているのは知《し》っていました。

ちょっと興味《きょうみ》はあったけど、自分《じぶん》には関係《かんけい》ないものだと思《おも》っていました。

そして自分《じぶん》にいいきかせていました。

友《とも》だちがいないわたしには、そんなもの、必要《ひつよう》ないって。

「あ、そうだ。わすれてた。これも」

そういうと、カエデはポケットからピンクとブルーのスーパーボールを取《と》りだしました。

「どっちがいい？」

カエデにたずねられて、メイプルはブルーを手《て》に取《と》りました。

「こっちを、もらっていい？」

「うん。もちろん！
これは『おそろい』で
『色《いろ》ちがい』だね！」
カエデの言葉《ことば》に、メイプ
ルはコンパクトとスーパー
ボールを見《み》つめました。
『おそろい』と、同《おな》じでもちょっ
ぴりちがう『色《いろ》ちがい』。
メイプルは心《こころ》のおくがふわっとあたたかく
なった気《き》がしました。

「それじゃあね、メイプルちゃん。レポート提出《ていしゅつ》、がんばってきて」

カエデが手《て》をふります。

「ありがとう！」

「帰《かえ》ったらどうだったか教《おし》えてね。もちろん、このコンパクトで」

カエデが手《て》にしたコンパクトをかかげます。

「うん、かならず教《おし》えるよ！」

メイプルも、カエデとおそろいのコンパクトをかかげます。

ふたりの手《て》の中《なか》にあるコンパクトが、夏《なつ》の光《ひかり》を受《う》けて、きらりとかがやきました。

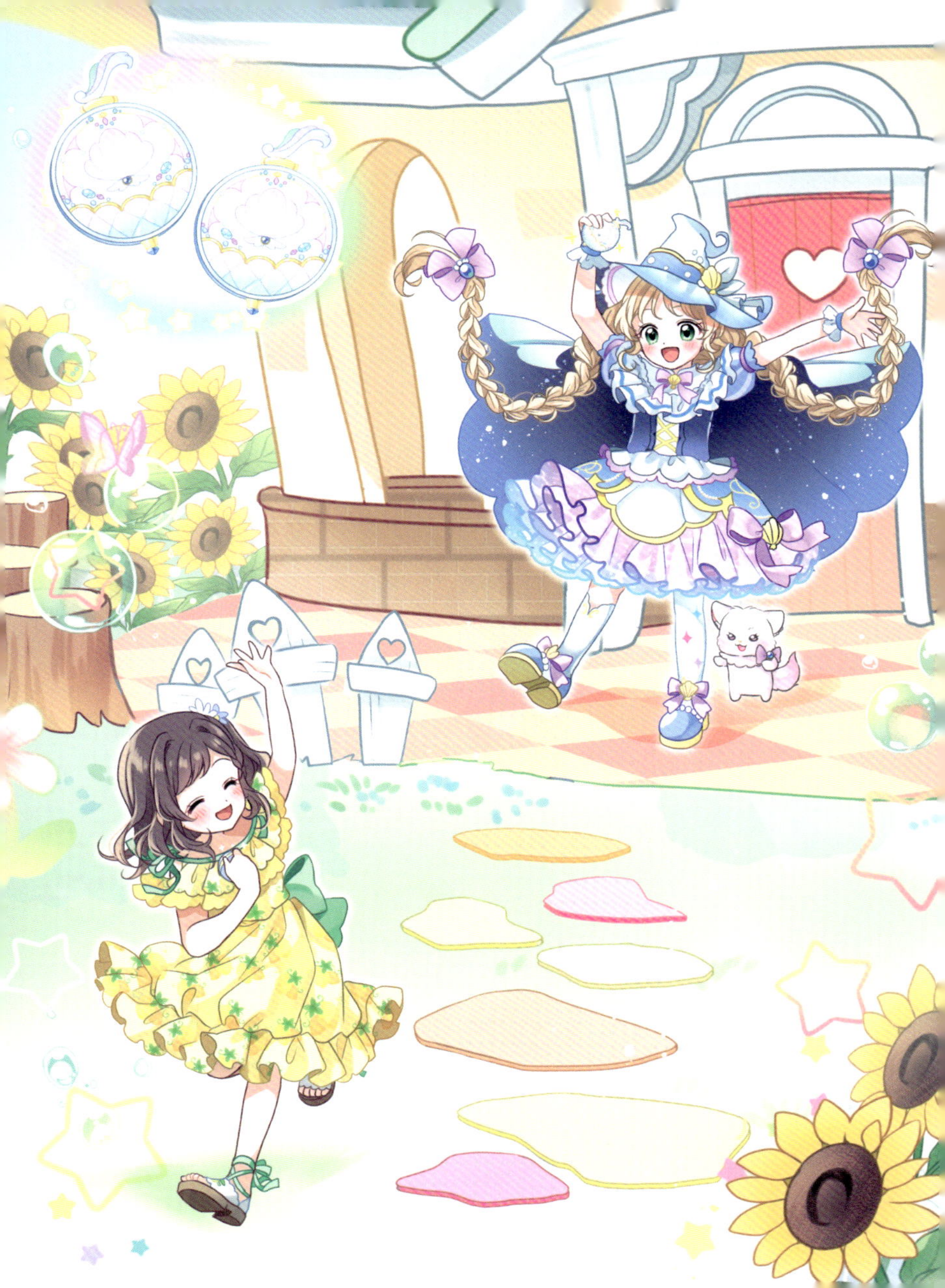

お話《はなし》の世界《せかい》をしょうかいするよ

魔法《まほう》ルーム

魔法生物《まほうせいぶつ》ノート

は〜、やっと大使館《たいしかん》に
レポートを提出《ていしゅつ》できたよ。
間《ま》にあってよかった〜。

ケルンのようすのこと、
魔法生物《まほうせいぶつ》ノートにも
かきとめておこうっと。
……でも、ちょっとだけ
コンパクト見《み》ちゃお！
（カエデも、コンパクト
ひらかないかなぁ）

魔法生物《まほうせいぶつ》ノート

Baby

ケルピー

kelpie

川《かわ》や湖《みずうみ》など、水辺《みずべ》や水中《すいちゅう》にすみ、馬《うま》のようなすがたをしている精霊《せいれい》。人間界《にんげんかい》ではイギリス北部《ほくぶ》のスコットランド、とくにネス湖《こ》あたりにすむといわれている。川《かわ》の近《ちか》くの平原《へいげん》にあらわれやすく、馬具《ばぐ》をつけた馬《うま》のすがたのほか、人《ひと》に変身《へんしん》することもある。

成長《せいちょう》すると…

ケルピーの伝説《でんせつ》

馬《うま》のすがたであらわれたケルピーに乗《の》ると、とつぜん走《はし》りだし、そのまま水中《すいちゅう》につれさられる。しかし、つけている馬具《ばぐ》の一部《いちぶ》を手《て》に入《い》れると、ケルピーがおとなしくなり、人《ひと》のいうことをきくといわれている。

メイプルメモ

ファームのケルピーの子《こ》は、はずかしがりやで、人前《ひとまえ》にでるのは苦手《にがて》みたい。でも、コンパクトを通《とお》してならだいじょうぶで、きょうは元気《げんき》なすがたを見《み》せてくれたよ。よかった！
次《つぎ》の観察日《かんさつび》を、カエデと相談《そうだん》して決《き》めておこうっと。

お話《はなし》の世界《せかい》をしょうかいするよ
魔法《まほう》ルーム
ファーム☆マップ☆
メイプルちゃんに、ファームの入《はい》り方《かた》を教《おし》えてもらったよ！べつの日《ひ》に探検《たんけん》したから、行《い》ったエリアを紹介《しょうかい》するね！
ここは雪山《ゆきやま》エリア。ずーっと雪《ゆき》がふってるの、すごーい!!いっしょに大《おお》きな雪《ゆき》だるまを作《つく》ったよ!
赤《あか》い屋根《やね》の小屋《こや》には、メイプルちゃんが魔法生物《まほうせいぶつ》をお世話《せわ》するための道具《どうぐ》などをおいてるんだって!
今日《きょう》のおすすめは…レインボー★ソーダフロート
おいしいっ!
ん？ 口《くち》の中《なか》でいろんな味《あじ》がする!?
ミニョンちゃんが気《き》ままにひらく、カフェスペース♪目印《めじるし》はかわいいパラソル!

魔法生物《まほうせいぶつ》たちも、カエデがきてよろこんでたよ！次《つぎ》はどこのエリアをいっしょにいこうかな～☆
広《ひろ》いから、1日《にち》じゃまわりきれませんわね
1年中《いちねんじゅう》、お花《はな》がさくエリアだって。いいかおりがする泉《いずみ》で水遊《みずあそ》びをしたら、ふたりともいいにおいに☆
あれ？カエデ!?どこー!?
ここはケルンがすむみずうみ。ほとりに、かわいいブランコもあったよ
メイプルちゃんとはぐれた!?コンパクトで連《れん》らくしよう

作✦宮下恵茉

京都市在住。『ジジ きみと歩いた』(Gakken)で、小川未明文学賞大賞、児童文芸新人賞を受賞。主な作品に、「龍神王子！」シリーズ、『9時半までのシンデレラ』(以上講談社)、「トモダチブルー」(集英社)、「たまごの魔法屋トワ」シリーズ(文響社)などがある。

絵✦子兎。

大阪府生まれのイラストレーター。児童書やWEB小説のイラストを中心に、作家としても活躍中。主な作品に、「ひみつの魔女フレンズ」シリーズ(Gakken)、『メイクアップファンタジーぬりえ』(ブティック社)、『ハッピー！手相占い大じてん』(成美堂出版)などがある。

となりの魔女フレンズ

3巻　魔法でかがやく☆夏の思い出

2024年12月17日　第1刷発行

✦ ✦ ✦ ✦ ✦

作 ★ 宮下恵茉
絵 ★ 子兎。
装丁 ★ 佐藤友美

発行人 ★ 川畑　勝
編集人 ★ 高尾俊太郎
企画編集 ★ 岡澤あやこ
編集協力 ★ 勝家順子　上埜真紀子
DTP ★ 株式会社アド・クレール
発行所 ★ 株式会社Gakken
〒141-8416　東京都品川区西五反田2-11-8
印刷所 ★ 株式会社広済堂ネクスト

この本に関する各種お問い合わせ先
●本の内容については、下記サイトのお問い合わせフォームよりお願いします。
https://www.corp-gakken.co.jp/contact/
●在庫については　Tel 03-6431-1197（販売部）
●不良品（落丁、乱丁）については
Tel 0570-000577
学研業務センター 〒354-0045
埼玉県入間郡三芳町上富279-1
●上記以外のお問い合わせは　Tel 0570-056-710
（学研グループ総合案内）

学研グループの書籍・雑誌についての新刊情報・詳細情報は、下記をご覧ください。
学研出版サイト　https://hon.gakken.jp/